U0130642

煙霞黑吃黑

# 目錄

# 「煙霞癖」

曾收到讀者 R 的電郵：

「請問您所寫的《上海大亨 3514》，提及的『煙霞癖』何解？」

文中寫到二三十年代上海灘，叱咤風雲權高勢大人人聞風喪膽的「上海三大亨」，張嘯林被保鏢槍殺、杜月笙避黨清算蟄伏老死香港，只有大佬黃金榮，解放後沒離開上海，他年事已高無法奔波，且有「煙霞癖」，以為共產黨不會對他怎樣——誰知他仍逃不過批鬥，1951 年 5 月一個清晨，來到當年自己獨霸的王國大世界遊樂場門前，「響應政府勞動教育的號召，掃大街了」。

兩年後，他恐懼擔憂屈辱抑鬱病死，終年 86 歲。臨終時斷斷續續地說：「我的一生都風掃落葉去了！」

他身後的木頭垃圾車有個編號：「3514」，我看老照片時想到，這難道不是某個詭異的生命密碼嗎？就是「醒悟一時」！

——不過即使他有預感，也醒悟了，羈絆他寸步難行的，仍是終生無法擺脫的「煙霞癖」。

本來回覆問題很簡單，就是「鴉片煙癮」。R 不知此詞，大概是年輕的關係吧。而且把吸毒形容得如此浪漫，是中國文字的另類功能。

今時今日，哪有這般迂迴？不過是「啪丸」、「噃草」、「打針」、「索 K」、「 high 天」……均迅速見效，不似吞雲吐霧之「慢食」。

但因為「煙霞癖」這個名兒，我倒有一頭栽進去細寫慢述的意願。

就花一些時間去了解這毒害眾生舉國若狂之物吧。

本來是珍貴藥品（天然麻醉抑制劑），演變成奢侈品，後來成為毒品的鴉片 Opium，又稱「阿片」、「大煙」、「烏香」、「忘憂藥」、「阿芙蓉」、「福壽膏」，後二者尤以典雅祥瑞之文字來標示，不止糖衣毒藥，還是文化包裝。

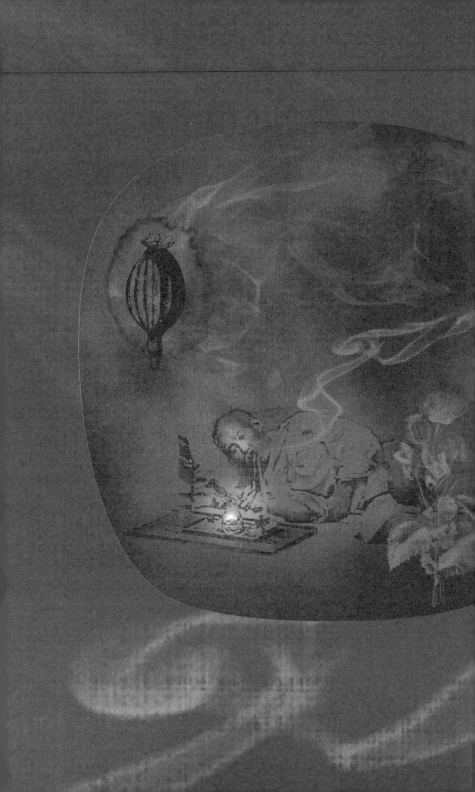

鴉片前身是一種一年生草本植物——罌粟。人們把罌粟未成熟結青苞之蒴果，於午後針刺或割傷外面青皮，約三五處，翌日早上，破處會滲出白色乳汁狀津液，以竹刀刮之，收入瓷器陰乾，當乾燥凝固後，便是「生鴉片」，呈褐色，有些品種呈黑色，可製成圓塊狀、餅狀、磚狀，一般表面乾燥而脆，裡面則保持柔軟和黏性，有刺激性氣味（陳舊的尿味），味苦。

生鴉片加工處理後，成為「熟鴉片」，因經過燒煮和發酵，表面光滑柔軟，有油膩感，呈棕色或金黃色，用薄布或塑料紙包裝，有條狀、板狀、塊狀。包裝紙設計華麗又有氣派，以「延年益壽」為祝禱。

不但材質裝潢講究，連吸食工具也是雕銀鑲金精緻藝術品。

傳統抽鴉片的工具，有煙籤、煙燈、煙槍等。一般將生鴉片加工成熟鴉片，然後搓成小丸或小條，在火上烤炊，「煙泡」軟了，塞進煙槍的煙鍋裏，翻轉煙鍋對準火苗，吸食燃燒產生的煙。煙癮大的每天要

抽百餘次，否則癮起後渴求不安，會流淚、流汗、流鼻水、易怒、發抖、寒顫、厭食、便秘、腹瀉、身體蜷曲、抽筋……甚至昏迷、呼吸困難、瞳孔變小，甚至死亡。

過去一二百年中國清政府無法禁止鴉片，亦無法限制成癮人數，致西方國家大力傾銷到中國，這些鴉片令許多國民成為「東亞病夫」。

阿芙蓉迷倒的人，不論貧富貴賤士農工商男女老少，由帝王后妃宮人重臣，到黎民百姓販夫走卒，都貴有貴食平有平食，朝呼暮吸，成為三餐茶飯外一餐，生活的一部份。

我看老煙槍的品評，各國各地煙土具不同況味，有「芬芳煦和」，有「醇厚甘柔」，有「香中帶醉」，有「苦後回甘」，有「味正勁足」……如同品花品酒品詩品畫，竟是一門學問，嘆為觀止。

人們最初吃兩口，止痛消憂之餘，精神朗暢骨節靈通還雄赳赳氣昂昂，年少風流，結黨成群呼朋引

類，都愛到煙館走走，或上妓院過過癮，開煙局不但展示闊綽，尋花問柳還增加情趣，欲仙欲死。上行下效，不知是無底深淵，只道消遣光陰，以吃煙為時髦。不料上癮後，消爍元氣，意志灰沉，卸肩縮膊，面黃肌瘦，三分似人七分似鬼，全無自尊可言，不能自拔。

不行了，得銷煙！

1839年清道光年間，湖廣總督林則徐奉命赴廣東查禁鴉片，嚴行查繳鴉片二萬餘箱，於虎門海口銷煙。方法是：先將鹽鹵灌入池中，然後將煙土切成塊，投入鹽鹵中浸泡、攪拌、溶解，再投入燒透的石灰，頃刻間池中沸騰，煙土隨之焚化掉，退潮時打開池子涵洞，池中物便全部傾入大海，然後沖洗池底，再投另一批。這個「銷」不是「燒」，而是「銷毀」、「報銷」。

雖是中國「壯舉」，林則徐亦可歌可泣民族英雄，卻引發兩次「鴉片戰爭」。

英國為打開中國市場大門，借機發動侵略戰爭，戰事不利，道光帝屈服議和，1842 年簽訂了中國歷史上第一個不平等條約《南京條約》，向外國割地、賠款、商定關稅等。

香港島就是在這烏煙瘴氣的煙霞遺恨中，割讓予英國……

今日香港已回歸中國。但管治班子庸劣不濟，染紅涉黑，誠信破產，近五年更禍港殃民。很多香港人懷念殖民地時代自由自在、百花齊放、自力更生、有志竟成的歲月，叫小島充斥怨憤——但東方之珠的「傳奇」，是清政府喪權辱國底下無意地成就的。世事就如此吊詭。

現今流傳的一些老照片，橫床直竹一燈昏照吞雲吐霧醉生夢死，我們聯念幾許帝后王公、將軍元帥、伶王紅星、富豪大亨、才子佳人……都在榻上沉迷另一境界之歡愉，十二少、如花、陸小曼，以致武功蓋世的宮二，在電影中展示了靈魂出竅的「煙霞癖」，

為慢性毒禍添了幾分惆悵。

　　我曾有幸見識過珍稀的福壽膏裝備。打開一個景泰藍煙盒，似乎還嗅到百年以前，那陣微甜的餘香。煙盒精美，是難得古物，出自王侯之家，很貴重──但，卻是個價值不菲的艷藍「小棺材」……

# 煙霞中的老鼠

男女因緣份走到一起，相處久了，音容笑貌會愈來愈相似，就算個性不同也有「夫妻相」。不拘外貌的，志趣會融合，小動作也有默契，你中有我，我中有你。

別說人，你養一隻貓，寵愛有加，日日面對夜夜相依，你長得愈來愈像貓。男人老狗多半愛狗，但也有愛貓的，總覺變得很陰柔，嬌俏——幸好愛的不是老鼠，否則就不讓鼠王芬專美了。

你身邊的是什麼，你就是什麼，物以類聚，人以群分，不能勉強。近朱者赤，近墨者黑，近廚得食，近廁就如政棍們狗改不了吃屎。

我剛做「燕子窩」（鴉片煙館）的 research，聽了不少有關福壽膏的故事。

老鼠也有「煙霞癖」！

晚清民國，最矚目又萬人崇拜的，是京劇名伶，梨園中鴉片之風興盛，老闆們必抽兩口才上場，抽得起。府上還設煙榻煙局貴重煙具來款待賓客好友的，

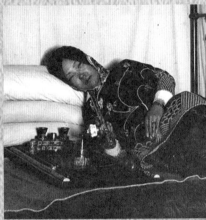

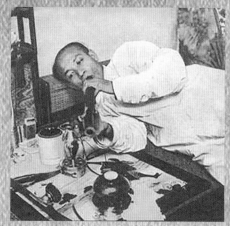
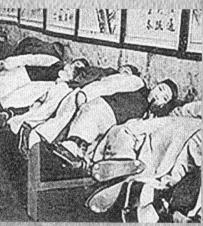

是身份象徵，演出和堂會才叫得起高價。

　　生活富泰派頭十足，長年在吞雲吐霧中過日辰的老煙槍，連家裏的老鼠也染上毒癮了。主人一旦出門到他城演出，天花頂棚的老鼠無鴉片煙熏養，癮起難受，紛紛墜地身亡，叮咚一隻叮咚又一隻，成為笑談──卻悟不出箇中悲哀？

# 不如「黑吃黑」

　　前一陣日本人被最平凡的海鹽麵包征服，各店都有這非常簡單但十分美味的鹽包，香港也流行過一些時日。

　　近日以什麼吸引？就是「黑」！

　　其實過去漢堡包連鎖店已間中推出黑漢堡，餡料不外辣味牛肉、雞扒、洋葱碎、黑醬汁、黑奶酪、黑咖喱⋯⋯夾在黑色竹炭麵包或墨魚汁麵包中，若蒙着眼睛分不清口感和味道，也分不清黑白。黑當然比白貴，貴在「點子」花過心思，也貴在以「賞味期限」招徠，不能長期供應，否則就欠新鮮，也有審美疲勞。

　　除了竹炭、墨魚汁外，也有黑麥、黑巧格力（加橙皮粒）、黑芝麻⋯⋯看來方興未艾，黑麵包發出烏亮誘人光彩。

　　不止麵包，其實黑色食物都保健、滋陰、抗衰老、補腎活血——也許沒那麼「神」，不過黑色食物可口，料理方式又多，我們應常吃皮蛋黑米粥、黑

豆茶、芝麻糊、冬菇燒黑木耳、茶葉蛋、南棗合桃糕、黑玉米、黑糖松子、髮菜蠔豉、墨魚汁意粉、烏雞紅棗黑棗湯、桑寄蓮子蛋茶、首烏粥、烏梅飲⋯⋯還有黑瓜子、黑咖啡、蕨菜、黑葡萄、豆豉、靈芝、羅漢果、紫到發黑的茄子⋯⋯

香港淪落，前景黯然，人人當黑。黨尚黑？與我們何干？不如食尚黑，「黑吃黑」，聊以自嘲。

# 電影《黑色麵包》

　　大阪這一陣下雨，我的工作是「構思」，天馬行空管你連天風雨。坐在百貨大樓頂層，臨街大窗看到 JR 站人來人往雨傘陣，十分漂亮。

　　在吃着黑麵包。這回不是竹炭或墨魚汁，而是黑麥，即裸麥加麵粉製成，成份不同顏色也有深淺。我當然挑最深沉那款，包含了麩皮、胚芽、核桃、芝麻、植物籽、蕎麥⋯⋯這款比較硬 —— 當然命硬，才撐得起那麼黑。

　　剛出爐有種酸酸的幽香，黑麵包是不能甜的，否則對不起它獨特的臉色。

　　在此，黑麵包決非粗糙食物，它貴，營養豐富內涵吸引，可以配醃牛肉煙火雞酸黃瓜，也可以手撕一塊一塊蘸醬汁，例如牛油果醬、羅勒香草醬、芥末芝士醬⋯⋯光抹上牛油已非常好吃，來杯炭燒咖啡，靈感泉湧。

　　忽然岔開了 —— 咦，「黑色麵包」是個好名字，小說或劇本都耐人尋味，馬上想到一些不正常的

橋段⋯⋯

　　但真氣死人！一查，原來名字早已被人用了，2010 年一個西班牙電影，還得了好些獎項，不過導演奧古斯汀•維拉羅伽專拍 cult 片，較小眾。這《黑色麵包》背景是西班牙內戰結束時，少年安德魯之父被嫁禍殺人，面對成人的謊言，為了救父親，他不得不背叛自己的種族，最終發現了內心的惡魔⋯⋯果然有其陰暗面。

# 水素水

現今日本最受力捧，最熾熱的商品，是「水」。

正確而言，是「水素水」。

「水素」本身是日文音譯，水素水（Hydrogen Water），即含活性氫的水，也就是富含可溶性於「水份子團」的活性氫弱鹼水。

氫並非不溶於水的，只是溶解度較低，靠高科技如納米氣液混合技術或電解之類，解決了此科學難題。

水素水多是漂亮冷酷的鋁箔包裝，看上去就很「高科技」，你會迷惑，它應該比所有的水特別，不免被吸引，無論如何得嘗試一下。

日本商人聰明又積極，因他們發掘新鮮事物的上進心和推廣力，什麼酵素、乳酸菌、洗米水、豆腐、纖維素、氧氣……都一一成為人氣產品。

在「水素水」之前，我也喝過熱賣的「酸素水」，他們宣稱「酸素濃度 × 倍」，以此招徠。「酸素」即氧氣，用低溫方式溶入水中，並經多重過濾，保持

不會「逃逸」——事實上氧在什麼時候吸入體內，什麼時候跑掉了，我們也不會知道的，畢竟無從追究，誰帶測試儀器上街？人們享用那冒湧上來的一陣氣體，不會擱久了，開瓶即全盤幹掉，如此一來，飲用量和銷量相應提高，果然無商不奸。

一瓶酸素水裏頭有多少氧氣？有沒有？是「故弄玄虛」嗎？

正如一瓶（一包）水素水亦一個謎。

喝氧提神、刺激思維、養顏美膚……喝氫也有神奇功效。

水素水被譽為「充電機」之餘，還以「仙壽の水」傳揚。除了日本全民（女性為主）瘋狂，港台韓等地市場亦遭入侵。

氫無色無味，有此能耐，因它有還原性，飲用後，可有選擇性地與人體的惡性活性氧自由基結合，生成水（$H_2O$），隨小便排出體外，避免傷害身體細胞。人們常說的什麼「抗氧化」，便是抵抗這惡性氧

自由基了。人體由細胞組成，細胞受損、衰老，人就生病、老化、死去。其元兇是過剩的惡性氧自由基，人民公敵，所以得力抗——大家不明白不要緊，反正簡易詞是「養顏美膚輕體保健」。

今時今日，「水質」決定「體質」是血淋淋的現實，我們體質日差，正因喝進肚子中的水質日差。別說其他了，香港人每天喝的東江水，是垃圾水、工業廢料水、屍水、重金屬水，而很多屋邨居民天天喝鉛水。也許全球的水質也一天比一天差，一天比一天髒，漸漸只能喝加工水了。

水素水並非新發明或新發現，始於 2007 年《自然醫學》論文：「氫氧生物學」的話題，今年捲土重來乘勢冒起吧，加上廣告宣傳及產品無處不見無處不在，連凍齡女星藤原紀香（44 歲）也公開愛上這美肌健康水，傳媒大肆報導促銷。

它售價較貴（￥200-400），因含氫濃度有分別。只喝一次兩次三次，是不會馬上見功的，所以得長期

耐性的享用呀。

而市場消費需求多元化，花巧日新月異，為「增強」保健意識（即是賺到盡），所以除了單純的解渴、消暑、促進新陳代謝之外，還有很多點子：——泡茶、炊飯、清洗蔬果、煲湯、美容水、潤膚霜、浸泡入浴劑、Spa、美肌噴霧、膠囊裝藥丸、保健飲品、果汁⋯⋯商機無限。

水素水不僅水份子小、滲透力高、含有益離子、有溶解及軟化物質作用等好處，放得很大，頌之如神。連賣茶的伊藤園也出水素水，其實應出水素茶才對。

因為氫以濃度高取勝，氫又易逃逸，所以種種自行製造的機器（水素水發生器）也出台了，例如氫水棒、濾芯式富氫水機、電解式富氫水機⋯⋯都是精緻家庭式的，每天便可用礦泉水自製新鮮的水素水，不必供養廠商——但這些機器難道不用付費嗎？價格約 ￥5-10 萬呢，真泥足深陷了。

為什麼人們迷戀這些看不見摸不到覺不着，無色無味無嗅無重無法驗證的東西？還肯花費和長期融入生活中？

除因它對身體有益外，還有是大家的常識豐富了點，世面見多了點，再孤獨自閉的個體也需要人氣話題，群居動物分享水素水心得，與一起上網大玩 Pokémon GO 大談捕捉小精靈心得，都一樣快樂。

最重要的，是人們奢侈得起。

這是首要條件，生活富足，愛惜身體，珍重生命，有錢有時間有心思，自然五花八門，目不暇給。

三餐不繼，為口奔馳，貧無立錐之地，何來高濃度氫水調劑？顧得上溫飽一宿，已屬萬幸了。

「生活逼人」和「生活怡人」只一字之差。

雖說浮誇、宰人、商機、盲撐、浪費，但，希望人人奢侈得起，這是由衷之言，也是自勉和共勉——水質決定體質，富足之追求影響生活質素：衣食粗糙或精緻、心情抑鬱或快樂、胸襟狹隘或寬闊……

除了氫、氧之外，汽水是加了二氧化碳的香料糖水，氮氣咖啡開始流行，還有你吃過的液態氮份子雪糕……都給「打氣」，非必需奢侈品均屬多餘。

我們其實都愛「奢侈品」！

# 豬頸肉是「血脖肉」

近日收到朋友 WhatsApp 轉發的電話錄音訊息，且是重複收到的，可見在坊間流傳甚廣。當然我們對任何訊息，先過濾一下真假，是否惡搞，免得以訛傳訛。

但這訊息是他們之間的關懷，而且也有道理。提到那不能吃的「毒物」，一直有專家及醫生做研究，網上亦有報告，有忠告，所以並非娛圈政壇的抹黑流料。

男聲道：

「我有個救生員同事，轉行去做了豬肉切割員（註：豬肉佬美稱，好笑）。他說豬頸肉千萬不要吃，因為有很多淋巴瘡淋巴瘤，什麼毒也有，劏開豬頭，有三百多個瘡和瘤。還有在百佳惠康賣的肉餅也不要吃，那些毒淋巴全扔進肥豬肉一起絞，很多肉也快到期，醃了可賣耐啲。千萬不要吃！」

其實豬肉各部位及內臟，一直以來充斥毒物，來自激素、抗生素、催大劑、速長劑、健美劑、類固醇、

瘦肉精等能數得出的化學物和禁藥都用諸牠們身上，目的是快快長肉快快上市牟利，不顧百姓死活。

養豬場工業化，只講求效率和利益，很多豬場密度極高，飼養豬隻擠在一起，缺乏活動空間，不能走動耗費能量，便會長出脂肪，若希望牠們長肉不長脂，飼料中會加入克倫特羅（鍛鍊肌肉緊實的健美賽禁藥），和沙丁胺醇（用於治療哮喘的瘦肉精成份），以期健美壯大肉瘦，賣得好價錢。

八月初香港政府公佈有內地「哮喘豬」流出市面，就是被落藥（沙丁胺醇）的毒豬肉。追查源頭，接獲國家質檢總局聲稱，涉事兩個江西豬場沒驗出豬隻含哮喘藥，所以「過關」。

而本港化驗顯示，哮喘藥濃度異常高，不排除豬隻於運送途中或屠宰前被落藥，也有可能是不法商人混入非註冊豬場的平價哮喘豬致出事，陰謀論估計，會不會中國大陸檢驗的是一批豬隻，出口運港的是另一批？

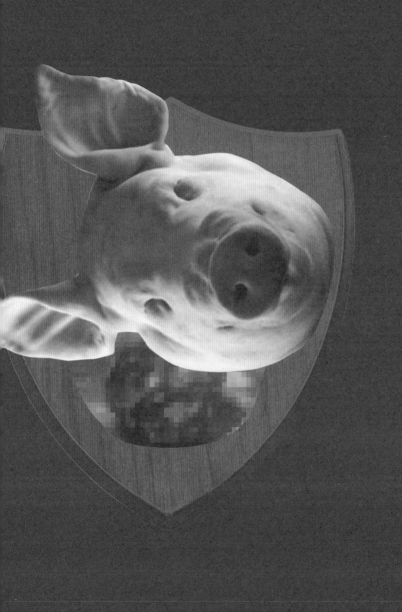

查不到下毒案源頭，大家還敢不敢吃豬？

食環署把關不力也好，遭奸商使橫手也罷，香港大部份糧食依賴內地輸進，而中國是豬肉王國，人民無豬不歡，每年吃豬數字驚人，香港人不愛冰鮮肉，雞鴨鵝牛豬羊均來自假劣毒強國，激素和禁藥積存肚子中，漸漸成為一毒庫。

大家有否發覺近年體質差了，容易生病了，心跳加速，不時暈眩，經常感到疲累。這些，就是「潛移默化」的後果。

不少人喜歡點豬頸肉菜式，香港人特愛炭燒、香烤、酥炸、粉蒸。

大家口中的「豬頸肉」，是由豬頭臉頰與下顎之間，連接前腿前部的一條肉塊，只在豬頸兩側，有「黃金六両」之稱，可見稀少而珍貴。

這部位的肉質綿密，其特點是肥瘦之間沒有明顯界限，切成片、丁、絲、條入饌，人們吃的一碟炭燒豬頸肉，肌肉纖維和脂肪都混雜，「融為一體」，爽

口嫩滑多汁，一般人見到脂肪肥膏都有點忌諱，怕膩怕胖，但豬頸肉令你混然不覺，全是精肉，難怪是美食，還成為餐廳食肆的主打菜式。

豬頸肉有好些別名：——

「槽頭」，因傳統式豬槽餵飼中，頸部剛是挨着料槽的部份。

「豬面青」，指豬的「面珠登」，但誤導群眾，自抬身價，事實上左右面珠登肉量極小。

「項圈」，頸項一圈是橫量，正確應是直量，所以只是泛指部位而已。

「血脖」就最有意思，也最象形。

因豬頸這處，除了是打針位，也是宰豬時必然的刀口位置，一刀殺割，多有污血，肉色發紅，同其他部位不同，它是特別「艷」的。不過刀刃出入帶殺氣，放血又相當悽厲，那一抹殘紅，是生死之間的留痕，「血脖」，雖是綿密精肉，你們不加聯想，才吃得愜意。

血脖肉加工，是很多包子店的基本肉餡，大家逃不過的，逃過包子，逃不過餃子，還有肉碎、肉餅⋯⋯

不是說血脖太邪，而是不正常的血脖太毒。

豬隻屠宰時沒進行「摘三腺」——甲狀腺、腎上腺、病變淋巴結沒處理掉，就是毒。

豬的脖子（不止豬，十年雞頭勝砒霜！）佈滿淋巴結，包括下頜淋巴結、腮腺淋巴結、咽後淋巴中心等，正常的淋巴結呈黃色或黃褐色，賣相不佳也應去除之，而充血、水腫、化膿等病變淋巴結，是灰黃或暗紅色的，含大量病原微生物等有害物質，亦留存了激素禁藥，均是疙瘩狀的「肉棗」，不能食用。屠宰過程不摘除，還花盡心思蒙混過關，奸商害人不淺，必有報應。若在古時候毒害群眾，自己也免不了一刀成為血脖。可惜科技發達，總有方法漏網、脫罪，等天收。

人道：無知者最幸福。

追查豬頸肉之前世今生後，我們就不太敢吃了，

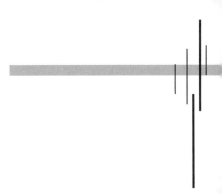

美食中又剔除一項——但這樣的深究下去，能吃進肚子中的「放心肉」又有多少呢？

　　不說又對不起大家。

　　很矛盾。

# 「友誼小姐」
# 蟲草花

「蟲草花」與「蟲草」沒有絲毫關係，絕對是誤導。

為什麼寫蟲草花？因為一鍋湯。

如果有時間的話，喜歡逛菜肉生鮮市場，喧囂熱鬧有人情味，食材新鮮，好過超市。

那天逛菜市場，見攤上有苦瓜，靈機一觸，想煲個苦瓜湯。我愛苦瓜「苦盡甘來」之況，且它是「君子菜」（苦自己不苦別人），用來煲湯（不是滾湯），一兩個小時後，苦跑掉了，帶來回甘清香，還可當小菜吃。

菜攤上有兩種，一種是疣凸猙獰但堅實清脆的雷公鑿，適宜熱炒或涼拌；一種是青皮長身苦瓜，青翠肉厚，用來煲湯較好。我買苦瓜時，問攤販阿姐，除了加鳳梨、黃豆、西施骨，還可以加什麼？

「加鹹酸菜，好味啲！」

我聽她建議，這會令味道有層次感。

又逛了一陣，見某店外包裝湯料，有橙紅色的蟲

草花，買了一袋。

我是「好色之徒」，不如再加個白玉苦瓜吧，但這精緻之物，得到日式百貨公司的超市才有，鳳梨選香甜的，也得光顧超市，是深黃亮麗那種。

總之，這一鍋湯，有青、白、綠、淺黃、深黃、橙紅，不但好味，還相當悅目。

有人喝了，問湯料，道：

「吓？蟲草那麼貴，用來煲苦瓜？」

我笑：

「蟲草好貴，但蟲草花便宜──以前更平，只是近年人們愛上了，加價了。」

「蟲草花不是蟲草長出來的花嗎？」

當然不。

蟲草花甚至不是「花」，是「真菌」。

為什麼改這名字攀附了天價珍品？不知道是誰的手筆，不過完全無相關的東西，一定是價錢地位功效珍稀度較低的一方，借名、借勢、借力，狐假虎威了。

蟲草花不能代替蟲草，當短期替工也算了，二者各有自己的長處。

也許蟲草花也不樂意擔負此虛名呢。

蟲草（冬蟲夏草）的誕生很奇妙，為蟲體與菌座相連而成。

綠蝙蝠蛾的幼蟲，被蟲草菌（麥角菌科真菌）的子囊菌感染、寄生，菌潛伏在蛾體內，冬季時幼蟲藏於土中，蟲體的蛋白質逐漸凝固僵化，成為菌座的營養，經入侵、發展、蔓延，蟲體變成充滿菌絲的僵殼，菌絲體則形成菌核。幼蟲一般在土內潛眠越冬，翌年夏季，牠已死了，體內的菌核在其頭端長出具柄的棒形子座，伸出僵蟲體外，如草重生，故名「冬蟲夏草」，棕黃、灰褐色，是兩種生命之結合體。

冬蟲夏草生長在海拔 3,000 公尺至 5,000 公尺的高山草地灌木帶，中國西北的西藏、青海、四川、雲南較多產，當中青藏高原海拔高及天氣嚴寒，所產蟲草品質最佳，但採摘艱苦。

蟲草是一種名貴滋補藥材，其營養成份高於人參，可入藥，也可食用，是上乘佳餚。它提高免疫力，滋補肺腎，強壯心腦和血管，促進新陳代謝，抗衰老，還可助防癌。蟲草價格因應需求而不斷提升，以「両」計（根據粗壯度，每両約五、六十條到百多條不等）。在香港的海味店鋪，分類為龍皇天草、大龍頭天草、龍頭天草、高陞蟲草、珍品蟲草、特選蟲草、精選蟲草、一級蟲草、二級蟲草、珍珠蟲草、蟲草肉（自用級，不完整），售價由數千元到最高五萬元一両──當然也有更貴的，太離地了。

一般而言，煲湯放上十多條蟲草，已經很鮮美，提防虛不受補呢。

說回我們常用以煲湯的蟲草花，它不是花，是人工培養的蟲草子實體，培養基是仿造天然蟲子所含的各種養份，包括穀物類、豆類、蛋奶類等（即人類的「素食」，「仿葷菜式」），屬於真菌類的蟲草花，與常見的香菇、平菇等食用菌很相似，只是菌種、生

&lt;友誼小姐&gt;蟲草花

冬蟲夏草

長環境和生長條件不同，其外觀是條狀菌體，沒有蟲體，一望而知。

　　至於市面上還有一種外形相似的「北冬蟲夏草」，也不是真正的蟲草，只是「蛹蟲草」，其培育工序及材料，包含了蠶蛹，在無菌實驗室進行培育，可作藥用。而漂亮的蟲草花只是「菜品」，無法入藥——說來說去，均為真正冬蟲夏草這名牌貴藥的山寨貨。

　　蟲草花性質平和，不寒不燥，可平喘止咳，壯陽補腎，增強體力，消炎殺菌，潤肌去斑，減緩衰老，也是有營養價值的菌類食材。

　　且它有獨特的香味，與草菇蘑菇香菇有點不同，因是乾貨，一袋可用多回，容易儲存備用。

　　蟲草花是煲湯的好配料，「友誼小姐」，可與各種食材融合，除了文首的青白苦瓜鳳梨黃豆鹹菜排骨湯之外，還可加入桂圓、淮山、杞子、芡實煲瘦肉湯，補肺健脾。還有，蟲草花、大棗、三黃雞炖湯，鮮甜

可口又補益。

蛤蚧、人參、首烏、老鴨、冬瓜豬肚、板栗鴿子、枸杞雪梨、山藥蓮子、木瓜雪耳、花旗參石斛、菜乾白菜陳腎豬肺，全都可加入蟲草花。

還可煮勝瓜小蝦、炒肉絲、蒸藕餅、蒸蛋、涼拌。

有一道「養顏美容湯」，材料是蟲草花、紅棗、桂圓、枸杞、蓮子、百合、雞蛋，光聽陣容，已知功效。

它有自己功能，一袋約 $50~$80 不等，比蟲草便宜太多太多太多了，當不當代替品又如何？平有平吃，貴有貴吃。

「友誼小姐」也有位置的。

# 染　指

2016 年冬，「末代港督」彭定康訪港數日，旋風式來去匆匆但又留下不少令人深思的見解。

香港人懷念肥彭（和他三位漂亮的女兒），他 1997 年 6 月 30 日午夜從水路離港，當日風狂雨驟，境況悽迷，郵輪遠去，解放軍駐港，香港從此步入淪落之局，三任特首一個比一個差，新任的更像「婢學夫人」，爭取民主之路一天比一天艱辛，到了今時今日，大家益發對肥彭時代眷戀不已，希望時光倒流 20 年……

原來倏忽 20 年過去了，而這經濟輝煌之黃金歲月再也無法回頭。英治時代，港人都活得自在，充滿希望，白手可以興家，付出多有回報，沒有政治打壓，不必染紅媚主，香港勝在有 ICAC。各界自由創作，百花齊放，人材輩出，大家出生、成長、奮鬥、建設……得享美好的生活環境。肥彭在其最後一份香港施政報告中謂：「我感到憂慮，不是香港的自主權會被北京剝奪，而是這項權利會一點一滴地斷送在香

港某些人手裏。」

一語成讖。

也許肥彭亦政客，但他是一位有良知、遠見和真心為香港着想的政客。這回訪港，各界如見故人，他批評港獨（「港獨之父」689催谷出來的「偽港獨」）沖淡了民主力量，混淆視聽，「把追求民主和香港獨立混為一談是不誠實、可恥和鹵莽的。」

其實看看這五年來，上梁不正下梁歪，香港管治班子之庸劣、貪腐，真是罄竹難書。

為什麼特首高官議員奴才打手傀儡們，如此熱衷？不務正業，千方百計找些「位」去立功，利益輸送？

都因為有形無形之利，食指大動。

說個故事：——

春秋時期，鄭國宗室有兩位大臣，子公和子家上朝的時候，子公的第二根手指突然莫名其妙抖動起來，子公神秘地伸給子家看，道：「今天咱有口福了，

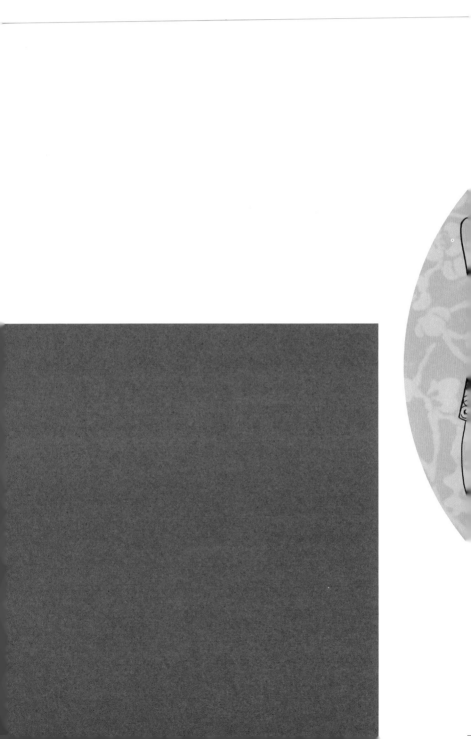

以前我每次食指動起來時，一定能嘗到美味佳餚。」

子家半信半疑。聽見內侍向廚房說：「昨天楚國派人送來一隻大鱉，鄭靈公下令煮來讓文武百官一同品嘗。」

二人會心微笑。

鄭靈公見狀，很好奇，問明原由。子家把玄妙告之。

靈公是一國之君，一聽，很不高興（哼！你老幾？我不給，你要吃好西就吃好西嗎？），於是在召集群臣享用美食時，獨獨不給子公吃，這下子公的「預兆」（搵着數心志）落空了吧？子公大怒，我再怎麼樣也是有頭有面的國君宗室，豈能如此打發？子公跑到鄭靈公面前，以迅雷不及掩耳之勢，用食指在盛肉和湯的鼎中沾撈了一把，再放在嘴裡嘗了嘗，然後揚長而去。

這個動作，被稱為「染指」。

一個人因為食指大動，貪念又無法自抑，加上

「有食唔食，罪大惡極」，當然想方設法搵着數，食好西啦。

不過，染指者得嘗，插手以獲取不應得之名利或種種好處，也要「還」。

子公的舉動觸怒了鄭靈公（因為封建社會最終是「中央」話事），自把自為太過份了，心生殺意。

歷史是：子公得知消息，先發制人，與子家合謀出兵弒君，背負惡名。鄭國因這場變故而大亂，子公最終被殺，暴屍於朝。

現實呢？不知，有幾個可能，總之不是你死就是我亡。

——但不管如何，每個人要為非份之念，貪得無厭使橫手巧取豪奪，為呃位行騙，為各種卑劣手段付出代價。

是的，要「還」。

# 明石燒連湯、
# 　煎粉果連湯

　　看本港食物安全中心的報告，過去曾在市面抽取
36 種食物，共 309 個樣本化驗，包括蒸包、蒸糕、
烘焙食品、油炸小食及醃製食品等，現有結果公布。

　　這個調查報告當然令「吃貨」的人亦同時「吃
驚」。因為多種食品含鋁量甚高。

　　添加劑的食物是人攝入鋁的主要來源，如令糕點
蒸來鬆軟的泡打粉、俗稱「明礬」的含鋁固化劑、奶
精的抗結劑、甜點的染色劑……也含鋁。

　　長期攝入鋁，會損害神經系統及腎功能，導致發
育遲緩及成熟期遲緩，更可能影響生殖系統，男性睾
丸變細……

　　香港人愛吃即食海蜇、馬拉糕、窩夫（格仔
餅）、雞包仔、叉燒包，特別是街頭小吃冠軍的雞——
蛋——仔，成年人一週吃多過兩底半，就會鋁——
超——標！

　　那麼跑到日本，看來像雞蛋仔的章魚燒（烤章魚
丸子），日語「蛸燒」，又是否有危險？

章魚燒有小號有名店，日本隨處可見，愛吃雞蛋仔的人同樣愛吃這八爪魚丸子。應該也用到泡打粉，不過日食都有品質保證，比香港放心些，比中國大陸更安全百倍。

章魚燒是把章魚（腳）加入蛋漿生麵團裡，烤成3-5cm的渾圓丸子，因過程中灑了紅薑粒、海苔等，製成品白、紅、黑、黃，鋪點浮動木魚花（鰹節乾刨薄片）再淋上褐色醬汁或白色蛋黃醬，外觀很吸引，味道鹹鮮香，亦日本人街頭小吃冠軍。

章魚是主角，我們了解一下，牠有八帶蛸、坐蛸、死牛、石居、石吸、望潮等稱呼，不過還是俗稱的八爪魚傳神。章魚有3個心臟，8條腕足，每條腕足有240個吸盤，口部有形似鸚鵡喙的吻部。章魚有變色能力、噴墨能力，腕足折斷有再生能力，不久後可重新生長。有喜歡鑽進任何洞穴的習性，所以日本漁民會以沉在海底的陶製蛸壺來誘捕，牠們一旦進入蛸壺便無法逃出來，束手就擒。

煎粉果連湯

# 明石燒連湯

有些人分不清這些軟體動物，牠們都很鮮美，口感煙韌耐嚼，但各有不同：——

「章魚」有八爪。

「魷魚」又名柔魚或槍烏賊，牠身體細長，呈長錐形，有 10 隻觸腕，其中 2 隻較長。夜晚喜光，漁民多以汽燈光引誘其浮上水面捕捉。魷魚肉質鮮甜，曬乾後燒烤更美味。

「烏賊」又稱花枝、墨魚。外形與魷魚不同，有一船形石灰質的硬鞘，其強項是遇敵時噴墨逃生。皮膚中有色素小囊，會隨情緒及環境變化而改變顏色，我們曾經夜釣墨魚，當牠變色時，十分詭異而漂亮。

在日本關東和關西吃到的章魚燒有點分別。如東京是用筷子夾的，醬汁較濃；京阪神一帶用竹籤，表面塗上醬油，也有以清淡為主。

章魚燒的祖先是「明石燒」，原是百年前兵庫縣明石市的特產美食，當地人稱「玉子燒」，用麵粉和澄粉（無筋麵粉）混合糊狀，蛋是必須的，還要多，

餡料與章魚燒同，明石燒放置一個紅色的木板款客，稱「上板」，還講究「連湯」。

關西的明石燒連湯很特別，附送一碗加點蔥芹的日式高湯（「出汁」），很清，明明烤好的章魚丸子，得放在出汁中蘸軟再吃，口感是軟糯中帶少許脆皮，有人愛現烤蘸醬的，也有人愛這「多一重手續」的蘸湯方式，非常「關西風」。

現烤的外殼香脆，而放湯的因不可以再多添醬料了，故以本身的原味為重，而在寒冷的日子，吃完章魚燒後一口把熱湯喝下，中國人吃麵或水餃也有「原湯化原食」的說法。雖然我不知道「化」的是什麼，也許減低香烤上火的「熱氣」，也許幫助消化。不過此吃法別有風味，我喜歡。

隨着時代轉變、進步，很多小吃都加入新的元素，簡樸美味的章魚燒，會加入大量蔥花海鮮粒或牛奶，淋上香濃芝士醬，伴以蘿蔔茸、蟹柳、辣醬、蛋沙律、明太子醬……益發覺得原始原汁原味多珍貴。

明石燒連湯，是精緻而優雅的吃法。

——令我聯想起，很多很多年前的香港，沒有今日的混濁、撕裂、染紅涉黑，人們有閒情餘韻，講究品味格調和享受。重要的是心情。

1933 年創辦的陸羽茶室，曾設計了「煎粉果連湯」，名噪一時。

粉果是粵式傳統美點，其皮與形狀較蝦餃略大，多呈半月形，餡料有蝦肉、鮮豬肉、叉燒、冬菇、筍尖、香茜、香芹……風味與蝦餃不同。戰前廣州西關多豪門富戶，其中一家有位來自順德大良的自梳女傭娥姐，手巧善廚，做的粉果很美味，後來被「荼香室」老闆看中，特聘主持製作，「娥姐粉果」是名牌呢。

粉果皮薄、潔白、半透明、餡料微凸分明，看來飽滿又內蘊。可隔水蒸，也可煎香或半煎炸。明明煎得金黃香脆的粉果不即食，附一碗高湯，浮着韭黃，把煎粉果蘸幾下才吃，悠閒慢食，在古意盎然茶室「歎茶」、「歎世界」的文人雅士，不趕時間，談天說地多有意思。

## 三樓　陸羽茶室星

新曆六月十一日至
（各式美點應供至下午）
（另加一服務費）

### 鹹品

什錦囊蒸粽
鷄上粒鮮蝦
脯魚燒腩鱔
火鴨燒腩筒
鮮菇熝牛三絲
京醬蒸粉角
家鄉蒸粉果
滑生鮮蝦餃
淡水鮮蝦餃
滑鷄球大飽

### 飯麵小食

紅燒大包翅
鷄片辦麵
上湯蝦水餃
桂花焗肥鷄
荷葉焗豬扒飯
米飯焗班粒飯

### 甜品

蓮子蓉香粽
蓮合桃蓉飽
欖仁紅荳糕
鮮奶杏仁鱔
蓮蓉蘋菓角

## 三樓　期美點

十七日
（六時止）

煎粉菜連湯
蕈芽紙包蝦
雀肉香酥鱔
牛柳絲春鱔

湘蓮黑蔴露
椰汁馬荳糕
蔴蓉香荳酥
菓子酪酥堆

## 三樓　點

义燒甘露批
葱油鳳肝酥
柱侯牛膶蒸
釀豬膶燒賣
鮮牛肉燒賣

冬瓜蓉燒餅
菠蘿忌廉批
奶油椰絲盞
棗坭雲酥筒
擘酥鷄蛋捷

古老的點心何止煎粉果連湯？還有火鴨三絲筒、
京醬熨麵盒、雀肉香酥角、葱油鳳肝酥、雲腿威化
蝦、五柳石斑筒、雞蓉煎布甸、鳳城野雞卷、叉燒甘
露批、欖仁藕汁糕、瓜蓉秋芋角、棗泥雪酥筒、茶腿
牛油夾、釀豬膶燒賣、山楂果子批、層酥鮮蛋撻、冶
（椰）蓉雪酥包……不同年月古老的陸羽點心單也是
極具價值的文獻。

先父是陸羽常客，故物中找到其中一張……

在這淪亡中的城市，時移世易，好景不常，老好
日子一去不回頭，面對骯髒討厭醜惡的政局，品嘗點
心的心情，你我還有嗎？

或有，可撐多久呢？

# 老牛吃嫩草

　　11 月 11 日是「1111 光棍節」，過去了。11 月 15 日也不是什麼大日子，只少了兩光棍——這天是一名女子的生日和婚期，也過去了。

　　而這名女子之所以在娛樂八卦版佔了版面，因為當天她滿 20 歲，是成人了，可以嫁給一名 60 歲的男子，為「爺孫戀」展開新頁。

　　花邊新聞其實也擾攘多年。台灣 60 歲的音樂填詞人李坤城，與 19 歲女友林靖恩熱戀 3 年多，兩人年齡相差 41 歲，社會輿論譁然。

　　這位李伯，2012 年在中國青海旅遊，於深山發生車禍，一度昏迷，生命垂危，當時已有小他 20 歲的前女友隨侍在側，拋下工作貼身照料。但他康復返台後，卻藉教導好友未成年之女，劈腿戀上 17 歲還就讀高中的林小妹，「爺孫戀」風波致前女友他去，李林則一直如膠似漆。

　　2013 年，女方父親還向警察局報案，控告李「妨害家庭和誘罪」，鬧上法庭，最終獲得不起訴處分。

李坤城的「老牛吃嫩草」癖已有前科，累犯性不能自已，不過總有女的中招，或者有另類魅力吧，局外人怎知道？不過觀李多番發照放閃，看來倒有點「猥瑣金魚佬」feel——不要緊，當局者迷就 OK 了。

1996 年出生的林靖恩，為了愛上李伯，不惜與老爸鬧翻。李伯戀上好友的女兒，亦無不好意思，豪氣地說：「如果你敢嫁，我就敢娶。」到林女 20 歲了，便成事。

這李伯感情生活如何，是他們兩個人的事，與公眾無關。不過李伯不斷公開張揚：「靖恩 18 歲以前我們沒發生過性關係。」（間接承認二人現已有親密關係。）白髮蒼蒼的李伯又得意道：「跟普通情侶一樣很自然真實。」更坦言：「在她 20 歲前，我不會讓她懷孕。」作為長輩，口德欠佳，且高調展示性愛關係時，還數落前女友當初照顧不夠用心，抱怨她陪伴復健次數太少，對欲主持公道勸他積點口德的老朋友回嗆：「請你們閉嘴。」有夠賤的！

所以一臉稚氣（或許思想成熟）的林小妹，戴個圓框眼鏡愛嘟嘴比 V 娃娃相，自求多福吧。畢竟世上父女戀、爺孫戀一直流行，你不是第一個也不是最後一個，只屬「沉溺症」中一員，「真愛」是個人享受，而且將有所獲。

老牛吃嫩草，大家見怪不怪。像剛贏得美國總統大選的特朗普，入主白宮不知會否打造為春宮？特朗普一直以來表現，品格卑劣，淫亂貪婪，樣衰口臭，劣績斑斑，無實力無才幹的江湖大亨當上三軍統帥，一夜之間觸發怒反熱潮，遍及全美的示威衝突，有流血、被捕、槍擊……和眼淚：「他不是我的總統！我們不接受瘋子！」

——但這 70 歲的好色老牛身邊美女如雲。

他三度結婚，老婆都是名模、明星出身。第三任（現任）妻子，是特朗普 58 歲時，以超豪華浮誇婚禮迎娶比他小 24 歲的斯洛文尼亞籍模特兒，他自稱首次見面便被她火爆的身材和艷麗的臉蛋征服，此艷

妻隨特朗普當選後，升格為第一夫人，「國母」的陳年裸照（被刊登於《New York Post》）也沒什麼了。

泰國成人電影女星農納（Nong Nat）自15歲起，在AV黑市紅極一時，作品暢銷。因違反色情片法被起訴，退隱後改信佛教，潛心拜佛祈禱做功德，現31歲的她，已埋街食井水，「從良」嫁給建築富商，76歲的內斯蘭。

農納為表「賢淑」，常發放照顧老夫生活照片，包括幫他脫鞋子、陪伴病榻、依偎侍候……老夫慷慨給家用及零花，她說自己找到「好老公」。很快，等到遺產後，就一天光晒，另搵新工（搵新公）或好好品嘗小鮮肉吧。

人生必經生老病死，英雄最怕病來磨，其實梟雄更怕病來磨，健康江河日下的老牛進出醫院，看哪株嫩草能含辛茹苦，忍辱負重，悉心照料，她得到「獎賞」最多，正是守得雲開見月明，重要的是個「守」字。

一般寒微女人，當「紅顏知己」是個人選擇，富貴生活名袋珠寶和物業，不一定與「愛」掛鈎，不過這些高級三陪女，乖巧低調服侍得好，識做識走位，討得老牛歡心，大有斬獲，已甚滿足。他七、八、九十，「紅顏」未老，廿多歲卅多歲，有錢有前途：就等「那一天」。

　　——當然，我們別戴有色眼鏡，老夫少妻也有真情，老少配能專一走下去，忘年戀可永遠幸福，不多，但有的。

　　年齡不是問題，演藝界名人圈中，老牛吃嫩草司空見慣，數之不盡：趙世曾、林建名、何鴻燊、張藝謀、鄭少秋、甄子丹、馬景濤、吳若甫、吳啟華、齊秦、吳奇隆、鄧建國、金庸、余秋雨、陳凱歌、郭台銘、李雙江、姜文……我們的風流四哥謝賢，女友小他 49 歲，堪稱忘年戀經典範本。但也次於 1957 年諾貝爾獎物理學家楊振寧（1922~），當年 82 歲迎娶 28 歲的翁帆，轉眼楊已 94 翁已 40 了（有沒有一點

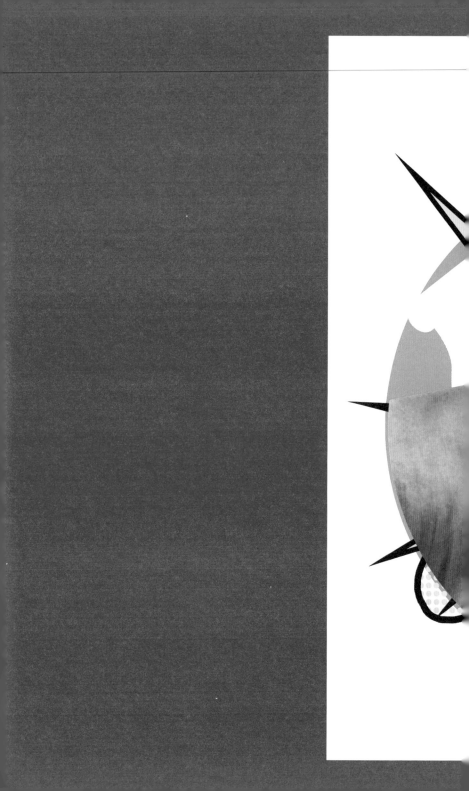

不耐煩？）……

既有父女戀、爺孫戀，當然也有姊弟戀、母子戀，中國大陸近有嫲孫戀，年齡亦相差逾50歲。

46歲性感女神鍾麗緹第三嫁，與34歲內地男星張倫碩舉行童話婚禮，豪花千萬港元（不知花誰的錢？）。她感觸落淚：「我會愛你一輩子，下輩子能不能早一點娶我？」——早一點？當她花樣年華，他才是個小學生呢。娛樂圈也有不少老妻少夫，相差10歲以下的，不贅。

損友們道：「男人叫老牛吃嫩草，女人呢？」

「嫩B吃燉奶吧？」損友笑：「薑汁撞奶較祛風。」

說笑之餘，我竟找到一首歌，原來世上真有《老牛吃嫩草》的，內地一名軍旅歌手阿振演唱。他是山東人，1994-1997年服役於武警總隊直屬支隊。

「我是一頭茫然執着的牛，為了愛情還在傻傻等候，我相信緣份，會讓你我牽手……

你們不要笑啊，老牛最愛吃嫩草，其實大家都明瞭，付出一定有回報⋯⋯

　　只要心不老，擁有才算是驕傲，只要心不老，擁有才算是驕傲！」

# 蘿蔔絲餅

那天很開心，竟然吃到很久很久都沒遇過的小食，還以為已經式微。

約了人在西灣河文娛中心，早到了，乘機在舊區一逛。平日不會特地來此一趟，附近的太安樓一帶好熱鬧，海南雞飯兩餸飯足火足料骨膠原靚湯滷水鵝雞蛋仔格仔餅手抓餅糖水⋯⋯還有人排隊，做的是街坊生意。

文娛中心對面天橋底，傳統街市攤販，有家五十多年歷史的豆品店，老舊得來好有味道，一望而知是祖傳三代那種，原來已四代。

那店是路過偶然發現的，還發現了蘿蔔絲餅！

晚上與小思老師電聯，順口告訴她該區有此久違的古老小食。

她道：

「怎會呀，到京滬食肆點心店都有啦，不過貴些。」

我道：

「怎會呀，這是香港六、七十年代流行的小食，在街邊油炸的，小時候見它跟煎釀三寶炸番薯炸芋頭一齊賣。」

她奇怪：

「蘿蔔絲餅不難找到，我前幾日也吃過，不過不夠酥。」

「酥」？

哦，原來誤會了。

我說的是「蘿蔔絲餅」，她說的是「蘿蔔絲酥餅」，多一字少一字，是兩種不同的小食。

這家老店賣傳統的豆腐豆漿豆花豆製品，煎炸小食，如煎釀三寶生煎包葱油餅鍋貼，還有炸物滷水物。我們點了三寶、蘿蔔豬皮豬紅、韭菜餅、凍豆漿、豆花。當然主角是蘿蔔絲餅。懷舊一番。

老闆說這五十年「餅齡」的小食，以前喚「油池」——「油糍」才對吧，因為古老人家把煎炸物或甜食通稱「糍」，油糍是油炸的，餡料是白蘿蔔絲、

紅蘿蔔粒、蝦米、葱花之類（從前有些店號講究的還加入冬菇芹菜肉碎）。每件 10 元的油糍看似簡單，製作則繁複點，先在一個圓形的金屬炸模上澆一層粉漿，再加入炒乾身調味後的蘿蔔絲餡料，又澆一層粉漿，這樣放入油鍋中炸一陣，成盒便脫模出售。

這天去時近黃昏了，油糍都是早已炸好，再落鍋翻炸，即使熱騰騰，比較「老」，蘿蔔絲算是清甜好味，就是「盒」有點硬。

「如果即做即炸即食就正了！」老闆說：「下午來都是翻炸，沒辦法，要人手逐個做。你早些來可吃到新鮮熱辣的。」

下一回早些去（起床後也得兩三點），在炸——但原來有客人點了一打，外賣。結果只「配給」我一個。

油糍若粉多皮厚或太過油膩，都不好吃。這家不到十分，但也 OK，好過找不到，吃不上，饞了。有人告知旺角也有，沒嘗過。

咦？為什麼你我兒時街邊吃的特別美味？當然是回憶中加了分。

至於蘿蔔絲酥餅，重點在一個「酥」字。

這小食當然矜貴些了。據老太監宮女們的回憶，慈禧生活很有規律，早睡早起，清晨起來梳洗妝扮，七點吃早餐、十點半後吃午餐、五點吃晚餐，兩點鐘以及七點鐘加兩次點心時間。

她早餐有二十多樣點心，如麻醬燒餅、蘿蔔絲酥餅、清油餅、炸回頭、杏仁茶、牛骨髓茶、鮮豆漿、稻米粥、八寶蓮子粥、八珍粥、雞絲粥等。午晚餐則有一百二十樣葷素菜外帶時鮮。每樣菜「吃不過三匙」，防止被人知悉口味，下毒加害。御廚所製的蘿蔔絲酥餅是圓形小個，宮裏稱「心裏美餑餑」。

但這小食還是上海的老味道老手工精緻。餡料不過是白蘿蔔切絲，以上湯煮過或蒸熟，配料有金華火腿茸、筍……關鍵在於酥皮，利用「油水不相容」的特點來和麵：乾油酥麵糰（油與麵粉和在一起），

蘿蔔絲酥

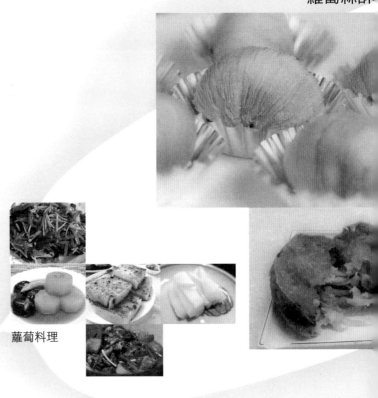

蘿蔔料理

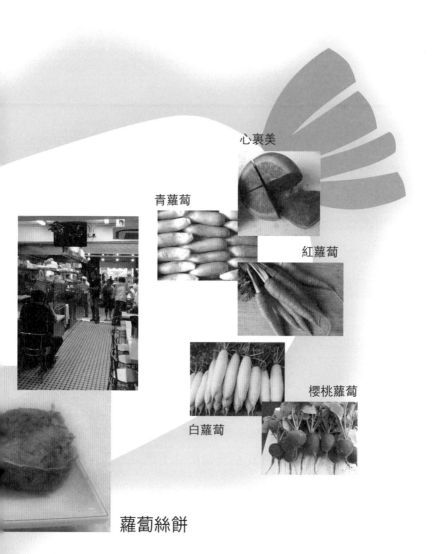

心裹美

青蘿蔔

紅蘿蔔

白蘿蔔

櫻桃蘿蔔

蘿蔔絲餅

與水油麵糰（水、油、麵粉和在一起），兩者反覆摺疊，巧手使層次增加，有的甚至去到百多層。包入餡心後，溫油炸熟，層次排列得十分漂亮，每層薄如蟬翼，吹彈得破，又薄又酥又香又脆，拈着吃，燙嘴，酥皮會灑了一身。滬式蘿蔔絲酥餅多呈鵝蛋形，金黃色，不如京式的圓個沾芝麻。上海摩登，酥餅也愛美，排絲最考工夫——但不管哪的酥餅，仍是現做現炸現吃為最高享受，正如便宜又普通的菠蘿包墨西哥包雞尾包豬仔包，新鮮出爐肯定好吃。我相信慈禧那麼尊貴，她卻是享用不上即炸上桌的。

白蘿蔔別名菜頭，日本稱大根。整株植物都可吃，但根部有獨特味道，白蘿蔔磨茸生吃，可加進湯麵中，日本的燒魚（包括一夜乾），都愛附加一小皿大根茸，與魚肉甚為相配。

因含有芥子油、澱粉攜和粗纖維，其辛辣芳香，是吸引之味。蘿蔔絲餅也有煎的，不及上述兩種好吃。

我是大根迷，白蘿蔔、青蘿蔔、紅蘿蔔、櫻桃蘿蔔（又名楊花蘿蔔，桃紅色，小個子，做沙律涼拌，一流），都愛。

　　蘿蔔可煎可炸可蒸，蒸蘿蔔糕比煎的清鮮多了，每年春節前都到農圃訂糕，還沒過年已吃掉了。

　　青紅蘿蔔排骨湯、腌製白蘿蔔（京都漬物之王）、甘笋蛋糕、蘿蔔牛腩煲、醬蘿蔔、味噌柚子煮蘿蔔、滷水蘿蔔、關東煮、蘿蔔絲炒魚鬆……心裏美蘿蔔切片連皮也可生吃，紫紅桃紅的放射狀紋理，真叫人情迷，「心裏美」不是虛名。

　　至於民間推崇「冬吃蘿蔔夏吃薑」，其養生保健防癌功效，比人參還高，食療是附送的。

# 「帝餐」和「俑餐」

　　看了「始皇帝和大兵馬俑」特別展。這一年來在日本的東京、福岡、大阪巡迴展出，近二百件秦代文物：將軍兵馬俑青銅戰車……當然珍貴，但肯定沒西安秦陵博物館（含秦俑博物館和酈山園）之華麗壯觀。俑坑原址地下軍團列陣震撼，已因人山人海淪為商業化景點，但到底有深沉歷史感，那些周遊列國的展覽小兒科。

　　不過日本人極具興趣，十分受落，熱情（與複製品）合照留念。看展館小賣部琳瑯滿目五花八門之衍生雜貨文具日用品，連扭蛋也有，甚至餅食、餐飲也與秦俑扯上關係。

　　我還發現有趣的項目，這巡迴展有「聲音導遊」，參觀者可付￥520租用耳筒，循着路線收聽講解引導，那導遊女聲是壇蜜——各位男士對壇蜜（1980~）不會陌生吧，她是日本AV女優和寫真偶像，新一代的「SM女王」、「情色女王」，長髮妖艷的她傳聞當過酒店小姐，從事殯葬業，還是日本舞

蹈「坂東流」的教師，拍電視劇，拍寫真集《蜜褲》（隨書附贈 4 款「原味內褲」）……

忽洗底從良，為文物服務。看日本人力爭上游的意志！壇蜜不是第一個也不是最後一個。

有朋友也去參觀了，她發來一些照片，其一是吃了頓「期間限定」的「秦始皇長生不老餐」。

一瞧，東坡肉碟頭飯（營養豐富的雜穀米）、延壽的綠豆春雨（粉絲）、杏仁豆腐（養顏美容）、一杯可樂（不知有啥好處？）──秦代到北宋，相隔千多年呢，難道穿越嗎？東坡肉是得蘇東坡發揚光大啊。而且東坡肉以五花肉燉製，別說膽固醇有多高，顫動的美食有一半是脂肪，與「長生不老」扯不上關係吧。笑死，日本人真好騙！

但原來不止這家。因為秦俑展商機無限，沾點邊兒都可吸客，腦筋靈活，有好些宣傳單張，不同的酒家食肆各自設計套餐，「話題作」，與展覽會掛鈎招徠，憑入場券九折優待。

大阪國立國際美術館

壇蜜

大都分兩款：「秦始皇餐」貴一點，2名樣五至七千日圓；「大兵馬俑餐」，三、四千。很有趣，俑餐菜單：「吞拿魚牛油果韃靼、瑤柱南瓜羹、季蔬炒牛肉、港式三鹹點、海鮮炒麵、甜品」。帝餐：「前菜拼盤、西湖牛肉羹、青椒野菜炒海鮮、紅燒蝦膠海參、港式三鹹點、高菜蛤仔炒飯、甜品」──有何貴氣？是否好街坊？

　　香港人根本不會光顧，定遭恥笑的。

# 恐怖「牙車快」

雖然忙到晨昏顛倒，不過有朋自遠方來。一定擠得時間共聚。

請客特地選了正宗越南菜。說「正宗」，因為市面對港味妥協的食店很多，要找地道風味的。不說別的，只是最普遍的生牛肉河粉和春卷吧，就不一樣了。我們又點了香茅豬頸肉撈檬，釀墨魚、牛油雞翼、蔗蝦、越式三文治（越南麵包與法國麵包有點不同）、蒸粉卷拼扎肉⋯⋯還有過份艷麗的甜品。

還有「牙車快」。

這一陣悶熱又下雨，大家都覺得濕氣風邪身體很「重」，得多吃清爽開胃菜。這是一道越式沙律，「牙」是越南語的「雞」，「車快」指沙律，不過雞絲沙律吧，但涼拌加入青瓜、芽菜、薄荷葉、九層塔、酸汁、魚露、花生碎⋯⋯漂亮又醒目。越式沙律因獨特的香料，味道有點不同。

「但這個名字真恐怖！」我笑：「令我聯想到牙醫。」

其實人人都害怕見牙醫，對車牙機器的密集尖寒聲音膽顫心驚，那麼近，那麼冷酷——很多國家（尤其是對酷刑最有心得的中國，和中共國），車牙是嚴刑逼供手法之一……最強硬的犯人一口牙齒得報銷掉。「牙車快」（或牙車慢），都受不了。繼恐怖「送肉糉」後，就是恐怖「牙車快」了，你們有同感嗎？

# 炸雙胞胎

一回有人問我：「在台灣吃過炸雙胞胎嗎？」

「吓？那麼殘忍？」

「是很出名的小吃，夜市、觀光景點，連馬路邊都有。」

「我沒見過。」

——原來，見過的，但因為那些炸物小吃的攤檔，滿滿的油鍋，膩得很，根本不想走近。台式古早味點心，油鍋炸的是芋頭餅、地瓜、紅豆包、甜甜圈；鹹的有花枝、蝦猴、臭豆腐⋯⋯

炸雙胞胎之所以出名，真的像「雙胞胎」。那是麵粉團而已，不過加了糖、芝麻、鮮奶，有些還用上酥油，兩個麵粉團連在一起打個蝴蝶結，往沸油中一扔，一點一點的膨脹、長大，就是熱騰騰胖嘟嘟的雙胞胎，沾了糖粉，金黃色外皮酥脆，裏面香軟綿密，很好吃。要作個比喻，有點像我們的牛脷酥，但內部更軟糯些，很受歡迎。只是我們怕那些充斥着熱量和糖份的胎兒，還一來得兩個，被逼！

當然，傳統小吃有它的特色，必須黏連一起，才改這名兒，還有個外號喚「兩相好」，看來雙胞胎似亂倫了。

好吃，也適可而止呀。有個聰明的檔主，就改良為迷你小巧的「發財蛋」，一口一個，方便又減膩。別以為此非生意之道，「分拆」的手法而已，買時不論個而論袋，弄不好還多吃了幾胞胎。

# 越式牛河、豬腳麵線

　　新地貪污案四名判囚人士（刑期由 5 年至 7 年半不等），就全部定罪申請終極上訴。三人繼續服刑，一人以 1,000 萬現金保釋外出。前政務司司長許仕仁（68 歲），暴瘦憔悴，沒精打采，步履不穩，與其他二人由囚車押返赤柱監獄。新地前聯席主席郭炳江就大喜過望，對再次呼吸自由空氣滿懷感慨，他是「保釋外出」，表現如同放監。會珍惜與母親妻兒相聚日子，回家後先品嚐了越南牛肉河和蛋撻。

　　在台灣，有人出獄、逃過劫難、死過翻生……遭遇不順希望消災解厄去霉氣，他們流行吃豬腳麵線。這也是一道家常料理，慶賀祝壽也吃到，不及釋囚意義大。

　　台灣俗諺：「一審重判，二審減半，三審豬腳麵線」。不少有力人士或政要，一審時法官秉公給予重判，二審減半刑責，三審時已經時日，風頭也過去，便放人，回去吃豬腳麵線消解壞運氣。

至於越式牛河，當然選生牛肉河，這也是我喜歡的小吃，越南船民湧入香港也帶來這道 Pho Bo。有幾家不錯的店號，湯底以牛骨、薑、香料熬成，清甜鮮香，生牛肉薄片在湯中灼熟，加上九層塔、薄荷葉、洋葱、香茅、紅椒、葱絲、紫蘇、蒜茸（家家不同）等提味，蘸點魚露，美味！

　　我們簡單的幸福感，是自由自在隨意隨時愛吃便吃，沒什麼「因由」。

　　（後記：新地案終極上訴，五位法官一致駁回。敗訴後各被告返回獄中繼續服刑。）

# 一碗優秀的消災麵線

問問台灣朋友，豬腳麵線消災解厄的因由。

「一出獄重獲自由，就先來碗豬腳麵線？是首要動作？」

「當然不。」朋友笑：「首要是先跨過火盆。」

其實廣東人也有這習俗，總之劫難脫險病癒回家當然包括刑滿出冊，一定先在門前跨過火盆，讓霉運不再纏身，「它們」隨火消失，人就重獲新生。

「但豬腳麵線不能買現成，也不能請托他人代煮，一定要最親的人準備好，如父母、妻子、兒女，有血緣關係和生命中至親。」

靠親朋戚友效果自是打折扣了，得至親至愛「加持」。便想，若一個人眾叛親離子然一身，四下無人，自己叫外賣送碗豬腳麵線來，也很悽涼。所以金錢權勢名利風頭，都是虛幻，那真心為你捧上一碗麵線的人，才是最珍貴的。

還有，豬腳不同豬手，豬手較小又軟趴趴，有骨膠原但欠力量，一定要選豬腳，還得是右腳（咦？

燒鵝則是左髀肥美），通常右腳力道比較大，它很強勁，特別難抓，發力一踢，牛鬼蛇神都彈開——一碗優秀的豬腳麵線，豬右後腿連皮還要帶蹄，加上福壽綿延的麵線，最佳配搭。

　　既然相信，便得做到足，取其勇猛、豐厚、有力之吉祥寓意，作為心理治療。

# 「驚艷台灣綠薄餅」

　　跟進一下台灣第一銀行櫃員機八千萬台幣盜領案（2016 年夏），起回六千萬後，警方專案小組將拉脫維亞籍主犯安德魯帶返現場重組案情，同時出動大批人手在內湖山區搜尋，垃圾堆中一破爛手提袋藏有贓款一千多萬。深夜有一 65 歲阿伯報案（未知是否早已尋寶），交回四百多萬，經驗證屬一銀贓款——至此，還差幾百萬便齊數。警方士氣高昂。

　　黑手黨東歐幫派，這回得個桔，認栽了。

　　劫匪是在宜蘭落網的，剛巧我在，適逢其會，自然買些紀念品伴手禮之類。宜蘭有何特產？就是他們的超薄牛舌餅。牛舌餅全台灣都有，何以「宜蘭餅」掀起旋風？研發改良不難，勝在搶先佔位，即是註冊為「縣餅」。

　　這全世界最薄的餅只有 0.1 公分，輕薄如紙，可透光，香脆可口，包裝宣傳也很重要，帶鄉情也多元化。「宜蘭餅」有多種口味：乳酪、鮮奶、芝麻、海苔、椰香、楓糖、咖啡……但我最喜歡三星蔥，好看

又好吃。

　　它喚「驚艷台灣綠薄餅」，多像行走江湖的女俠響朵。很簡單，就是椒鹽香蔥一片紙。宜蘭三星鄉還設青蔥文化館和體驗農場呢。

　　記得一嚐三星蔥冰淇淋。

# 魚蛋店沒有魚蛋

到一家著名的魚蛋粉麵食店，剛要點些配搭小窩米線，他們說：「沒有魚蛋。」

「魚蛋店沒有魚蛋？」

「對呀，因為休漁期，所以沒有新鮮魚供應。魚片仍然有，因為魚片油炸，要求沒有魚蛋高。」

他們這樣解釋，雖然客人吃不上魚蛋，亦間接得悉店方的「要求」，哦，原來平日吃的魚蛋用的是新鮮魚——不免加了分。果然是以退為進高招。

魚蛋（千萬別迫港人稱魚丸子），是水鄉人家常見的小吃，用魚肉加澱粉製成球狀，香港魚蛋極受歡迎，雖材料大多來自較為廉價的九棍魚、鯊魚、鬥鱔等，但坊間著名食店以新鮮即製為號召，一碗看似平平無奇的魚蛋河，還有魚片、炸魚皮，是很多香港人的至愛。

我們問負責人：「什麼時候才有魚蛋？」——其實也不用問，休漁期過了便成。

「休漁期」是禁止漁船捕魚作業的措施，可令當

地魚類有片刻休養生息的機會，以長遠維持產量。南海休漁期於 2009 年略為提前，5 月 16 日起，至 8 月 1 日結束，歷時兩個半月，其間除了刺網、手釣、籠捕及延繩釣外，禁止使用其他捕魚模式（如拖網）。實施至今。想吃海魚還是可以吃到，也有飛機貨。

　　不過靚的新鮮魚蛋就得在 8 月 2 日後了。

# 神主牌酒瓶

　　長居英國，幫我壹週刊專欄畫插圖的 Bernard，那天告訴我：「真巧！你今期寫『點主』，我畫神主牌，有朋友約喝酒，拿出的就是一個神主牌酒瓶。」

　　吓？如此百無禁忌？明明是喪葬儀式中把亡魂引入之「居所」，竟設計用來盛酒？是否有恐怖感？

　　要知「點主」這儀式，是由僧道或風水師或族中德高望重人士擔當，他一邊説好話討吉運，一邊念唱，然後以毛筆蘸朱砂（也有用雄雞冠血）紅墨，在神主牌那「王」字伏筆上加一點，成「主」字，等於「開光點眼」，把亡者三魂中的一魂招引進入。

　　為什麼是一魂？人不是有三魂七魄嗎？所謂「三魂」，道教稱之「陽神、陰神、元神」，指「天魂、地魂、人魂」，七魄更深奧：「屍狗、伏矢、雀陰、吞賊、非毒、除穢、臭肺」，喻「喜、怒、哀、懼、愛、惡、欲」。人去世，七魄也消失了，之後再隨新的肉身產生。三魂則一歸天路、一赴陰曹受審、一徘徊於墓地和牌位之間，輪迴時才再聚合。

有人「點主」即有人為你「作主」。正如有主好人家是福份，所以「有主歸主，無主歸廟」，大鍋飯受些香火。

　　每塊神主牌都是一生總結，都有故事，是莊嚴之物。

　　頑皮的設計師玩到先人頭上了。

# 屎一般的食物

近日《新英倫醫學雜誌》報導，日本有人進食三文魚刺身後，胸痛、作嘔，醫生透過內窺鏡，在她體內鉗出 11 條寄生蟲「異尖線蟲」幼蟲，驚嚇又噁心。

我不大喜歡三文魚，因為沒什麼魚味。而且日本有很多鮮美海產（海之幸），輪不到牠。美食家、魚類學會會長、微生物學教授，都指出三文魚刺身有很多蟲，極不衛生，專家形容為「等同食屎」。所以大家要考慮安全問題。

說到「食屎」那麼慘烈，假劣毒食物當然不止魚類，豬也名列前茅。

豬隻多被催谷成長，盡速牟利，一直注射或餵飼激素、抗生素、健美劑、類固醇、哮喘藥（瘦肉精）……能數得出的化學物和禁藥，充斥體內。豬頸肉部位有數百個淋巴結，這些充血、水腫、化膿的病變淋巴瘡淋巴瘤，也就等同一堆屎了——如果已被DQ 的 689 是豬頸肉，依附生存之庸劣班子和盲撐的奴才打手，就是那堆淋巴瘤，無法一一清理，得整塊

扔掉。

　　其實豬血更髒，不是「等同食屎」而是「直頭食屎」。

　　豬血是怎樣收集的？屠宰時被電擊，被大鐵鎚敲頭，或活活被利刃割喉，牠們驚恐痛苦哀嚎，口水嘔吐物屎尿撒了一地，放血後，所有物體同流入豬血收集槽中……

# 玫瑰、陳皮、豆沙

　　人的心理很奇怪，有調查報告指出，受訪者中秋節送禮首選，是月餅；但收禮時卻不希望獲送月餅，最好改為較實際和健康的產品，包括禮券、果籃、健康食品——為什麼己所不欲，施之於人？當然因為購買方便、包裝精美、不必思考、免煩！

　　你希望收到的，何不先送出去，大家開心？合力造成風氣，好過勉強收受。

　　每年中秋，港人吃月餅應節，但每個家庭都有吃剩的，去年過剩月餅有一百零八萬個，當中一半被棄置，不是即時，也許過了一兩個月，還是從雪櫃遷移至堆填區。年年如是，十分浪費。

　　親朋戚友不會送太多月餅，早已明言，可口的送單個裝一嘗。今年流行奶黃、榴槤、抹茶……淺嘗輒止。我不大喜歡冰皮裹着一團古靈精怪五顏六色的甜餡。

　　今年又多豆沙月，像蔡瀾「抱抱月餅」的玫瑰紅豆（也有火腿松仁），志蓮淨苑的十五年陳皮紅豆沙

（還有三十年陳皮的！），有人送了個日式十勝紅豆粒月餅，都沒有蛋黃。黃蓮蓉、白蓮蓉雙黃月餅，仍是傳統至愛，而豆沙中有玫瑰糖、玫瑰花、老陳皮，是另類誘惑。

可恨用來陪伴月餅的宋聘普洱，漸喝漸少，買不到，捨不得……

# 邪惡誘惑芝士包

　　前路過灣仔軒尼詩道一家喚「麥上日光」的麵包店，當天較悠閒，排隊買了傳說中「邪惡新勢力」的五層流心芝士包——朋友說去年底尖沙嘴剛開張時人龍很長，還限量購買。

　　即使熱潮稍過，但仍受歡迎，每日只限 300 件。到我了，挑選柚子和抹茶。上面灑了點奶（糖）粉的麵包看來素淡，何以成為各界新寵？每個 28 元（已經漲了兩次價了），可在店內座位即買即食。麵包很鬆軟，裏面是五層流心忌廉芝士，果然好邪惡，抹茶味清香，柚子味略甜，裏頭有柚子皮小粒和蜂蜜。兩者好吃但實在太膩了，現場各試一些。店方教客人吃不完的放入雪櫃冷藏，口感如芝士蛋糕雪糕；若以焗爐或微波爐加熱，復甦的流心芝士如熔岩般爆發出來。

　　這家奧地利麵包店原來有百年歷史，創於 1919 年，主持以自家培植的天然酵母烘焙手工麵包。其實我也欣賞這分店選用特別食材設計奇怪麵包，如三色

辮子（菠菜番茄墨魚汁）、枸杞紅棗、洛神花、紅菜頭、香橙桂圓、紅蘿蔔、南瓜、紫薯、蘑菇、核桃乳酪、玫瑰藍莓、橙丁朱古力、西蘭花、無花果⋯⋯每天款式不同，漂亮又誘惑。

世上所有麵包，不論平貴，都是新鮮出爐最好。要撞彩。

但後來經過，灣仔已經結業了，尖沙咀仍有。看來以一個點子引起話題，也得掙扎求存。

全港最邪惡

# DEVIL
# CHEESE BUN

五層流心
芝士軟包

# 午夜麥記的意外

　　廿四小時營業的麥記，在午夜時分，有人倒地不起。

　　聽得一位阿婆大嚷救命，腳下伏着另一位阿婆。以為她們認識？原來只是陌生人。夜靜更闌，甲婆婆在麥記據一椅休息，對面的乙婆婆突然暈倒，情勢不妙，甲去搖撼乙，企圖扶起又不夠力，且乙無甦醒跡象，甲便慌亂呼救。

　　我們在現場，過去一瞧。還未報警，有人輕輕拍她搖她，有點失措。我忍不住：「別動她，快報警！」——你不知有什麼病或意外，一定不能亂動或亂擦藥油，婆婆氣弱，恐猝死，應馬上送院。

　　這樁午夜的意外，我有幾種感受：——

　　（一）現代年輕人表達能力弱。報警者：「不知什麼事……是一位小姐……年紀？……應是阿婆，她跌在地上，我沒看見……」——好瘟！說重點啦：「一個阿婆暈倒在地，有微弱呼吸，她沒親友在旁。是麥記，地址××××，危險，白車請馬上來。」他

稱之「小姐」？令人嘔血。

（二）這夜店不少老人呆坐。一些拖唸自由行者在睡覺，坐起身看一眼又瞓過。

（三）甲、乙婆婆（還有丙丁戊⋯⋯公公），午夜過後有家歸不得？孑然一身消磨時間等天光？都有些什麼貧困孤寂的故事？

# 愛上茶漬飯

　　在京阪神徜徉，發現地下街食堂街有好些新店，當然少不了拉麵、丼、御好燒、明石燒、鹹大福、各式蛋糕甜品……但也有幾家茶漬飯小店，新開張，門前排着人龍。

　　小店都是中央廚房前長桌座位，一人一份，裝潢整潔、簡約、優雅、不帶油煙，很舒服。

　　見餐單，是來自日本各地的特色茶漬飯，例如紀州梅茶漬、愛媛縣真鯛茶漬、宮崎鄉土料理冷汁茶漬、奄美大島雞肉茶漬……還有高菜、三文魚子、小海老、貝柱、明太子、天婦羅、烤鰻魚、炙和牛。有家比較奢華，各式海鮮包括蝦蟹帶子及海膽，當然也最貴。一般都在￥800~￥1,200，因為茶漬飯普及而平凡化，自己也可以弄。到外面吃，同時也吃氛圍，吃興致。如果見到小店已設自動購票機，便知客似雲來，多快好省，口碑不錯。

　　茶漬飯即茶泡飯，中國也有茶泡飯，沒日本那樣是飲食文化之一。別看只是在米飯和配料上淋上熱水

或茶或高湯的一道料理，當中很有學問。

在日本戰亂時期，武士常常只吃一碗白飯就去打仗，沒有時間補充維生素 C，於是他們將熱茶澆在飯上，一來增加維生素 C，二來也有點風味，後來加些不同的配料，吃法省事又省時。一些小學徒（「奉公」）也以此為食，流行起來，全國都愛上這種吃法。

它也並非武士和小學徒專用。在日本古籍《源氏物語》第二十六回中寫過：

「六月中有一日，天氣炎熱，源氏在六條院東邊的釣殿中納涼。夕霧中將侍側……內大臣家那幾位公子前來訪問夕霧。源氏說：『寂寞得很，想打瞌睡，你們來得正好。』便請他們喝酒，飲冰水，吃涼水泡飯，座上非常熱鬧……」

平安時代宮廷掌故的作者紫式部，提到那納涼小吃「涼水泡飯」，是茶漬飯的前身。

源式等同怡紅公子賈寶玉，奢華貴族富二代，在盛暑中以涼水泡飯款客，不是寒酸，而是時髦，而且

漬物

西利の京つけもの

旬 おいしく、やさしく。

茶漬飯

有些什麼佐食，大家不知道呢。

坐牢最怕關在「水飯房」，每日三餐水和飯多難過，雖然茶漬飯主角也不過水和飯，但變化很多。

平安時代一直到戰國時代，都是貴族大臣和高級僧侶的食物，因為水飯後來演變為「茶漬」，當時茶葉很貴，不是平民百姓吃得起的，茶道到高湯的精進料理，就已經成為享受了。

正品茶漬飯使用日本的抹茶、煎茶、玄米綠茶。而高湯製作，材料有昆布、海帶、柴魚、菇菌……那湯看來淺淡無物無雜質，進嘴才知純淨美味，而且十分清爽。

著名的漫畫《深夜食堂》中，有「茶漬飯三姊妹」，每次都點梅乾、三文魚、明太子三款，大受歡迎，讀者也愛吃。

不過我最喜歡加上紀州酸梅乾的茶漬飯（梅茶漬）。

其實人人都可以自己做一碗心水茶漬飯——在深

夜，肚子餓，又孤獨懶散的時刻。

　　首先就是飯，食店必有熱騰騰的米飯，但經驗告訴大家，冰箱中的剩飯更好，隔夜飯顆粒分明，還有種堅強意志，從不小覷自己，永遠備戰中。有時我還特別留碗白飯在冰箱，就是為了部署御茶漬。

　　之後決定用什麼來泡。市面上也有不少茶漬飯方便包，口味不同，有辣有唔辣，都是小袋包裝，但一小袋是不夠的，通常我會放上兩袋，或另加飯素配料。始創於 1952 年的「永谷園」很有名，有多款口味，其中梅乾「御茶漬海苔」，含有抹茶粉末、高湯粉末、乾燥梅粒、海苔等，拆開倒在白飯上以熱水沖泡即食（記着：一袋不夠）。

　　不過也可以精緻點，泡好綠茶備用。白飯中加了米通、海苔碎、大葉（日本紫蘇）、芝麻、山葵芥末、葱花，還有幾顆酸梅乾（可切成碎粒）……把熱茶或高湯沖入，加上碗蓋泡一陣。這「水飯之戀」便大功告成了？當然不，可伴小鉢胡麻豆腐、納豆、鹽

昆布、玉子燒、烤魚……還要配菜。

有以海鮮或肉類佐食，但我偏愛日本的漬物。尤其是京都老舖「西利漬」（好犀利的漬物！）。

印象中「西利」有數之不盡的醃漬醬菜，還因應季節限定，推出不同的產品：大根、南瓜、茄子、青瓜、白菜、蒜頭、蕎頭、壬生菜、蕪菁、筍、蓮藕、山野菜、菜花、牛蒡、山椒、梅乾、人參（甘筍）……又漂亮又可口，刺激味蕾。

其中以大根（白蘿蔔）醃製變化最多，目不暇給，「千枚漬」是鎮店之寶。古都散策，不忘買一批，不會積存忘了吃，一定很快幹掉，繼續懷念。

情人節，他們特地推出粉紅色包裝的千枚漬，白蘿蔔加上紅蕪菁染色，調成迷人的粉紅，限量商品，一早售罄，有趣吧，愛情和漬物竟可連成一氣。還有早春特產、店長推薦、經典朝食、花車詰合……連那本宣傳小冊子，也令人愛不釋手。

日本有不少具水準的漬物本舖各自吸客，競爭不

忘改進，幾家老店號都不錯。「西利漬」則是我至愛。試過以濃茶配梅乾和漬物，別有風味。

喜歡茶漬飯的簡單暖和幸福感，腸胃清爽不油膩，還帶來一點懷舊的文化氣息。茶漬飯沒什麼正宗不正宗，隨心所欲隨意配搭便好——寫完了，現去張羅一頓，慰勞自己。曾招待過好些豬朋狗友，呃 like。如某日我也想開一家茶漬飯小店玩玩，不難，只是沒本錢，或者眾籌吧。

# 酸梅、茶漬、隈取

　　酸梅乾（其實不算全乾的一種醃製品），是日本人至愛。中國也有酸梅乾，比較鹹，賣相欠佳，雖價錢便宜，但質素存疑，尤其是今時今日假劣毒肆虐的飲食環境，我們先把祖國貨物撂過一旁算了。

　　酸梅乾的前身是梅子。

　　梅花開於冬，「不經一番寒徹骨，焉得梅花撲鼻香」？梅花清麗氣傲，梅子熟於夏。李時珍的《本草綱目》指：「得木之全氣，味最酸，有下氣、安心、止咳止嗽、止痛止傷寒煩熱、止冷熱痢疾、消腫解毒之功效，可治三十二種疾病。」

　　以梅子為材料，加上糖、鹽、醋等醃製的加工食品。「酸梅乾」以「酸」行頭，實際上它是一種鹼性食品，多吃酸梅能夠幫助血液呈弱鹼性，對身體有好處。

　　青春常駐？言重了些，不過當中也蘊含防止老化的功效，提升正能量──看，一般孕婦不是特別嗜吃酸梅嗎？為了自己更為了BB。

有人認為肝火盛的人多吃酸梅，不但能降火養肝，更可幫助脾胃消化，脾氣暴躁的你，藉此卻煩順心，保持愉快心情，多好。

如果胃口不開，喝個酸梅汁或以之入饌，增加食慾，像梅子蒸排骨、梅子鴨、梅子豬腳、梅子紅燒肉……它與魚是最佳配搭，梅子蒸所有魚肉都清鮮不膩，用來烤魚就添香。涼拌冷食如梅子白玉苦瓜，酸酸甜甜又帶苦，複雜得有型。冰鎮山楂酸梅湯更是消暑佳品。

梅子製成酸梅，不止是水果，也是中藥，「零食化」或「增味料」多功能。累了吃一點，起碼齒頰一酸精神一振，眼睛發亮，驅除疲勞。

梅酒別有一番風味，獨特的果香惹人追酒，若得空，可以自己浸泡，家釀當然與眾不同，但選梅子得下點工夫。

好些珍惜養生的日本人，出外旅行怕胃口不對水土不服，還會隨身攜帶一盒酸梅乾，可伴飯又視作常

備藥，以防痢疾腹瀉、腸道不適。他們那麼重視，當然挑選嚴格。日本人都知道，全國最知名的產梅地是紀州（和歌山縣），紀州南高梅是名物中名物。

朋友告知，原來當地還有一家「紀州梅乾館」，有詳盡精細的前世今生介紹，各種製作方式，延伸了解，當然少不了大量名物手信，走入歷史，走出商機。到此一遊的人忍不住瘋狂掃貨。我喜歡酸梅乾，他日一訪，一定大出血。

梅乾的絕配是紫蘇（日本稱大葉），味辛溫，香氣十分特別，又能解毒，主要品種分青紫蘇和紅紫蘇，紅紫蘇的葉用作酸梅着色劑，令之呈艷麗之色，漂亮得有內涵，吃起來更有層次。

常在深夜忙完「功課」後，泡一碗茶漬飯。飯素和茶漬方便包有很多款式和口味。

方便包適合懶人和忙人。同屬梅茶漬，有平有貴，價錢相差數倍，名店有它的保證，而市面上始創於 1952 年（昭和 27 年）的「永谷園」很有名，到處

都買到不同口味的味噌汁和茶漬方便包。產品不勝枚舉。它吸引之處，是包裝袋上有個臉譜。

這是歌舞伎特有的「隈取」，不知如何用作茶漬的登錄商標。

歌舞伎是日本獨有的一種戲劇，傳統藝能之一，佈景精緻，舞台機關複雜，演員服裝與化妝華麗，表演手法各有千秋，是一門學問。

演員清一色為男性，旦角稱「女形」，都是男人反串。起源於日本戰國時代末期，出雲的巫女阿國，是歌舞伎的奠基始祖。直到今日，名角名作仍風靡觀眾。票價好貴。

包裝上的「隈取」，是化妝術之一。同中國京劇臉譜一樣，把角色的特徵、隱喻、表達方式直接在藝人臉上呈現，加分又加深印象。

歌舞伎的化妝，基本上在塗白色的臉上，再加眉毛、眼睛、嘴唇等妝容。

而「隈取」是特別繪出血管、肌肉和筋的輪廓部

永谷園登錄商標

歌舞伎之隈取

梅茶漬及飯素　　　酸梅乾

份，目的讓血管筋肉更加浮突，看來更顯眼，以利於現出更生動、有能量、激怒的表情——「隈取」中的「取」，是不止於描繪，而是以顏料「取得」臉上「筋之線條」，再以指頭融合，細緻而具真實感，即使遠處座位的觀眾，也可看得分明，「隈取」是某種解剖（解構）吧？當中下了不少工夫，演員親手探索，自行化妝，對自己一張臉的內部組織，在皮膚外層加以強調，帶出個性和特色。

「隈取」有三種基本色——

（一）紅隈取：代表英雄人物、好人，有着正義、勇敢、強壯之意。

（二）藍隈取：代表壞人、敵人，陰險奸詐的他們，並非流着紅色的血液，藍血是邪惡的。

（三）茶隈取：茶褐色代表鬼、妖怪、人類以外的奇怪角色。

（此外也有黑隈取。）

臉譜數之不盡看之不盡，均成書冊。「隈取」極

具特色。

　　——只是我不明白，與「茶漬」有什麼關係呢？

　　但區區一個梅茶漬方便包，令我意外地長了知識

呢。

# 絲瓜出頭天

台北「盛園絲瓜小籠湯包店」，已是名店。在杭州南路二段 25 巷 1 號，中正紀念堂附近。

營業時間是中午 11:00 到晚上 21:30（下午小休兩小時）──但不管何時都大排長龍，有讀者留言，早上 11 點不用等太久，但一早爬起床哪有胃口大吃一頓？除非朝聖者，否則都在晚飯時堵塞，那繁忙時段得排上一兩個小時，客人愈等愈饞，食慾大增，加上美味吸引，都點了滿桌。

上回到台北，不耐苦候，沒吃上。但天天如是，沒轍。

這回太幸運了──因為下雨。大雨中哪都不去，就坐計程車吃一頓盛園，到了，客人不多，馬上有位子，好開心。

沿途司機道，沒有「中正紀念堂」了，應改為「民主紀念館」附近──印象中這為紀念中華民國總統蔣介石（中正）的建築物，因國民黨和民進黨興衰更迭，誰得勢誰說事，多年前「去蔣化」給改為「自

由廣場」，後又回復「中正紀念堂」，現成了「民主紀念館」。

難料數年後會不會還原？政黨背後的鬥爭和動作，又是歷史另一章。

但不管了。

不礙我們好好吃一頓。

踏進這樸實的家常館子，服務員都是親切的阿桑（阿姐、阿嬸），迎人的是入口處一甕糖果，開放廚房堆疊如山的蒸籠和忙碌的廚師。

絲瓜小籠包是主打。

絲瓜淡淡的甜汁加上豬肉餡兒，果然清鮮不膩，因絲瓜很「水」，所以湯包的皮較韌。吃這招牌菜，可以自助式「混醬」，那小桌有醬油、醋、辣椒、麻油、蒜末，還有大量的薑絲任夾，還有泡菜，實在大方！

醬料桌旁有各式小菜，保熱的櫃子內有蟹殼黃和蘿蔔絲燒餅。

# 廣源良絲瓜系列護膚品

台北盛園絲瓜小籠湯包及美食

我們呷着烏龍茶（還附送一小杯濃濃的芝麻糊，嘗過滿意可另點大杯的），美食上桌了：紹興醉雞是小甕上（這家很愛小甕），又香又嫩；麻辣鴨血臭豆腐相當入味；大餅捲牛肉因捲了大葱和小黃瓜，特別爽脆；挑了小茴香煎餅頗特別，但太乾硬，這個失準（也許小芹煎餅好些）。還有籠蒸高麗菜、椒鹽豆腐、抓餅、花菇素餃，和我很喜歡的小米粥。

當然最有印象是絲瓜小籠包了，完全是靠一個點子上位的話題作。其實如同各款包子餃子，餡料中可加了小黃瓜、香芹、小茴、番茄、苦瓜、皇帝菜，想得到都可以——但，人家是創新，所以絲瓜小籠包就打出名堂了。據說盛園的前身，是老爸的豆漿店，過世後，老媽和子女接手艱苦經營，持守和變奏，才有出頭天。

絲瓜是中國南、北各地普遍栽培的一種食材。葫蘆科一年生攀援藤本，吊生茁壯，一般在五至九月，果實中的纖維尚未發達成熟，可作為蔬菜食用，若果

實成熟老透，曬乾成絲瓜絡，可洗刷碗碟或洗澡當磨砂用。

　　廣東人因「絲」同「屍」、「輸」近音，不大吉利，所以改稱之「勝瓜」，就是不輸的瓜。外表光滑無稜的同類則是「水瓜」。至於絲瓜還因其成長別號「吊瓜」（笑得我！），更加沒人用了。在台灣又稱「菜瓜」。

　　絲瓜清甜可口，有關食譜是炒肉絲炒雞蛋蝦仁，可以平衡其膩，絲瓜跟蛤蜊、蝦米、鮮百合、蚵仔、冬菇等很相配，粵菜中的「雲勝」（如蒸雞、炒肉），就是雲耳加勝瓜雙劍合璧，光是金銀蒜蓉粉絲蒸勝瓜也很惹味，勝瓜豆腐魚湯易做又清新。還有，台灣人愛吃絲瓜麵線，在炎熱又食慾不振的夏天，消暑可口。

　　根據營養師分析，絲瓜食用、家用、藥用均有價值，有清涼、利尿、活血、健腦、解毒之效。最特別的，是絲瓜中含有防止皮膚老化和增白的維生素 B、

C，能保護皮膚、消除色斑、令潔白、細嫩，是不可多得的美容佳品，所以最信手拈來的，是用絲瓜汁洗臉，或做面膜敷臉。

絲瓜汁有「美人水」之譽。台灣有一品牌曰「廣源良」，亦充份利用這天然、平價、清麗，有功效的點子，生產「絲瓜系列」護膚保養品，光是「菜瓜水」（化妝水）令肌膚水嫩 Q 彈的招徠就頗受歡迎，這 line 還有洗面乳、精華液、保濕活膚乳霜、水凝露、面膜，一大堆產品，本是土氣之物，但包裝和設計改良了，變得時尚，令人目不暇給。吃過絲瓜小籠包，再敷絲瓜面膜——整個人就是有美好願景的「勝」瓜了。

曾經，我們不大留意絲瓜，菜市場中那麼多選擇，絲瓜是配角、次選，也很難獨立，不過如果有人靈機一觸，再小的角色也會抖起來，揚名立萬，自成名牌。

我們沒有瞧不起絲瓜，只是對它的發憤圖強掙扎

向上點讚，遇上「對」的時機，就「勝」了！

　　至於絲瓜絡，是它老化後，內部組織成纖維狀的一種最後貢獻，有人認為是潔膚聖品，天然素材不損嬌嫩的皮膚，環保又時髦。也有人認為這「菜瓜布」適合洗刷餐具不會刮花，因為它有生命中的溫柔。

　　但我存疑。買過一件絲瓜絡（它的「組織」粗糙得很漂亮，又有豐富內涵似的），買來欣賞很少用。但我懷疑人們用後若沒晾乾、曬乾，就會變成細菌滋生的溫床了，一個一個小洞都易藏垢納污呀。它清洗污垢後，自己反成了污垢，多不值。

　　所以，還是趁嫩吃掉它好了。

# 絲瓜井和三足金蟾

吃過台北盛園絲瓜小籠包，也用過廣源良絲瓜系列護膚保養品，對絲瓜的故事更好奇。

原來中國大陸有個著名的絲瓜井。

絲瓜是葫蘆科一年生攀援藤本，人們種絲瓜，都得在土地上架個竹竿棚子，讓它們生長，有的還一直伸展到屋頂去。絲瓜成長時是吊掛的，所以它除了本名外，也別號「吊瓜」。台灣稱「菜瓜」，廣東人因「絲」同「屍」、「輸」近音，不大吉利，所以改喚「勝瓜」（一本通書讀到老就改喚「通勝」、租售交出空房子改喚「交吉」……）。

——其實，那絲瓜井真與「屍」有關連，而且帶點詭異。

絲瓜井是古城常德的著名古井，旅遊區的標誌。雖然時代變遷，城市高速發展，古井周邊已建成繁華街道，四下是高聳的居民大樓，車水馬龍，人們不再吃井水，不再圍着水井擺龍門陣、講故事、聊天、洗衣、淘米……而這個地方也變成「絲瓜井社區」了。

常德，古稱「武陵」，別名「柳城」，是湖南省一座擁有二千年歷史的文化古城。它位於湖南北部，江南洞庭湖西側，武陵山下。中國大陸很多城市深受霧霾之苦，我們也不會特地一遊，不過其中的名勝古蹟還是很有意思的。

絲瓜井位於常德畔池街文條巷。攀援上生的絲瓜，何以與地下水井發生關係？是因為一宗慘劇。

這口水井最初沒有定名。井口直徑五尺餘，深約三丈多，上口小，下腹大，似缸倒置，井水清冽，冬暖夏涼，久旱不竭。在明代以前應已存在。

古時，常德城內有個富二代惡少，紈袴子弟遊手好閒，愛尋花問柳。一日，有嬌小貌美的農家少女，到街頭叫賣，她賣的絲瓜很受坊眾歡迎，都說清甜可口，但她的人就成為惡少饞涎欲滴的獵物。

雖百般調戲，少女拒絕，坊眾也看不過眼，痛斥惡少。眾怒難犯，只好另想奸計。

他藉口收取捐稅，將少女騙入屋內，強暴之。

少女遭此侮辱，痛不欲生，當時的受害人，只有尋死一途。她投井自盡了。

從此之後，惡少心中有鬼，家中也有鬼，終日陰風陣陣，怪響不絕，似是報仇索命。人做了虧心事，驚嚇成疾，一命嗚呼（我喜歡這樣帶點天真而明確的報應呢，即使自欺）。

後來，有人從井裏汲水，見井中有根金光閃閃的絲瓜晃動，用水桶撈起一看，沒有呀，但井中仍有那金絲瓜的影子，再撈一次，亦如是。大家為紀念那因賣絲瓜遇害投井，又化為金絲瓜的少女，命名為「絲瓜井」。

你們以為故事在淒美又欷歔中告一段落？

不。絲瓜井還有延續。

這口井也真複雜，那麼多「住客」！

相傳井裏還有隻金蟾。

金蟾只得三足，是吉祥之物，可以招財致富。這隻三條腿的癩蛤蟆（蟾蜍）因此抖起來，傳說牠有

「吐寶發財，財源廣進」的美好寓意，成為萬人渴求的財神。牠經常在夜裏，從井口吐出一道白光，直插靈霄，有道之人乘此白光可升入天庭。

人們忘記了沒什麼經濟價值的金絲瓜影子，覬覦三足金蟾。又有惡霸現身了。

住在井旁的青年劉海，家貧如洗，母親目盲，母子相依為命，靠劉海上山砍柴，當樵夫能掙多少錢呢？只換些油鹽米麵過日子。但他為人厚道，事母至孝，鄰近的人都讚不絕口。

土豪惡霸最拿手收地拆屋，為了井中寶貝，所以陰謀逼遷。

劉海天天上山幹活，被山林中一隻修煉成精的狐狸看中了，幻化成漂亮嫵媚的姑娘胡秀英，攔住劉海歸路，要與之成親，「女追男，隔層紗」，執意要嫁，顏值高又吸引，當然抗拒不了（我喜歡這樣帶點天真而明確的郎情妾意呢，即使自欺）。

婚後，狐狸精當有法力收拾貪婪橫行的惡霸了。

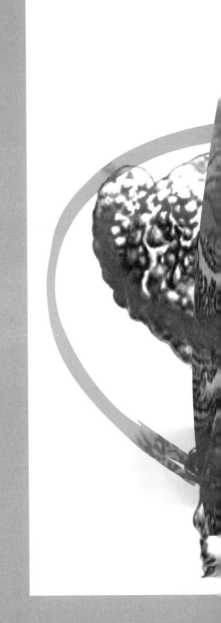

劉海逃過一劫，但仍是凡俗人，妖精有更高理想，望夫成龍，渡夫登天，她當他背後的「造仙者」。

狐狸精修煉年日久了，有法寶護身，胡秀英為了她的男人，把一粒白珠子吐出來，讓劉海依計行事。

他把白珠子做餌，垂釣於絲瓜井，那三足金蟾中計，咬餌上鈎，被起出古井，劉海乘勢踏上蟾背，縱身一躍，羽化登仙而去。到此境地，大家忘了那犧牲元神寶珠的妖精，能否繼續操控⋯⋯

這是最原始的故事。不過幾經演繹變化，有很多版本。某個版本那三足金蟾才妖呢，化身美女，愛上劉海，互相戲弄，成為歡喜冤家。

蟾蜍是兩棲動物，體灰褐色，皮膚表面有疙瘩，以昆蟲和小壁虎為食，其耳後腺及皮膚分泌物可製成蟾酥入藥。說起來，長相相當醜陋，也帶骯髒，所以我對那個「劉海戲金蟾」的愛情故事有保留，吃不了兜着走呀。還是狐狸精胡秀英可愛點，你們自問想同狐狸精抑或癩蛤蟆睡？而且還可羽化登仙飛黃騰達，

不致如凡塵中，終身依附當個奶媽（現為特首777）的「兆波BB」般，不問世事不修邊幅在京城霧霾中當人質，都幾悶。

如果可以（除非唔可以），不如飛上青天還我自由！

# 活魚集體失蹤

世上所有水產並非都安全衛生，近年水質污染及養殖加工，令魚貝類多少帶「毒」。

不過日本活魚割烹比較放心，肉類也鮮美。我們絕少吃中國大陸水產，雖然大家戲謔：「香港人強勁，巴辣龍蝦太也頂得住，還怕糞渠小龍蝦？禍港殃民四（快到五）噁英肆虐，那些毒蟹二噁英算什麼？」

——不過真要吃進肚子中，還是 No！這幾天，北京通州、朝陽、海淀、崇文門……的超市，活魚集體失蹤，何以全部下架只餘冰鮮魚應市？這措施突如其來，買不到活魚的市民都有怨言，愛吃的淡水草魚、鱸魚、鯽魚、武昌魚、鯉魚……不見了，魚缸清空，還張貼告示詭稱「由於魚缸設備更新，給消費者帶來不便，請諒解。」

不必多猜測，反正活魚輸了，死魚贏了。

人人心知肚明，政府有關部門對食品檢測不可信不可靠，檢查公開式、預告式、潛規則式，各界虛應，食品安全狀態堪虞。水質嚴重污染，養殖時濫用

抗生素增長劑孔雀石綠等有害物質，魚嗑藥，人間接服毒。

　　過不了關，商人心虛全部下架，或當局禁賣否則罰款 20 萬元（人民幣），都告訴你們：「吃不得！」

　　還怨？細思極恐，活魚下架是為你們保命。

# 紙米和塑膠米

　　看新聞，紙米後有所謂「塑膠假米」，畫面上當然分不出真假，當事人抓一把上手也無法分辨，直至生米煮成熟飯，其質感奇黏，口感怪異，不但沒米香飯香，還有股化學品味道，且好幾天（甚至更長日子，待實驗證明）不會變壞──完全是化學製品，如何吃得進肚子中？

　　尼日利亞當局在一隱蔽貨倉搜獲102袋，共重2.5噸的「塑膠假米」，疑來自中國大陸，不法份子趁聖誕新年前夕糧食價格大幅上升，故在此時段把假米混入市場。

　　西非尼日利亞是以黑人為主體的國家中人口最多者，近二億，石油產業在經濟上扮演重要角色，生產花生、可可、棕櫚油、椰子，米靠輸入，「這條水」商機無限。

　　並非因遠在尼日利亞，大家就掉以輕心視而不見。早在今年5月，東南亞國家如印尼、印度、新加坡等已有發現。有沒有假米隨假蛋假麵假海味假臘味

一切假劣毒食品來香港？未知（未發現而已）。

　　其實多種假米（不管紙捲、塑料做或其他化學合成品），需一定成本經一定工序，還有走私代價，無良賤商計過數，才用本傷人牟利。防不勝防。

　　毒害國人還禍及其他國家，就是「中國之恥」，沒行動制裁嗎？真叫人瞧不起。

# 「貓眼葡萄」

　　見日式水果店有「貓眼葡萄」，紫黑水晶般，顆粒大，果肉細緻多汁，濃香甜度在 15，無籽。受大地的恩惠孕育，產生格調高貴（價錢也貴）的特色水果，日本三大天王是山梨的水蜜桃、靜岡的哈密瓜、岡山葡萄。

　　岡山的「巨峰葡萄」是名牌名種，「貓眼」是巨峰和另一品種交配雜育的。暱稱「貓眼」有親切感。貓眼是電影、動漫的名字，貓眼草是中藥藥材，我們家居大門上的一種裝置，那小小防盜門鏡也喚貓眼。

　　最為人津津樂道的是「貓眼石」，具貓眼效應的金綠寶石，屬珠寶中稀有而名貴品種，由於貓眼石表現出的光現象，與貓的眼睛一樣，靈活明亮，能隨光線強弱變化。磨成半球形的寶石用強光照射，表面出現一條細窄清晰的反光，此乃貓眼活光（或貓眼閃光），清靈冷艷如有生命。

　　貓夜視能力強，在黑暗恐怖環境中，閃爍放光雙瞳勝過人眼，更寬闊、洞察。

「貓眼葡萄」未必補眼，但我們應學習看清楚四下惡劣環境，別讓政治魔掌混淆是非黑白，轉移視線。舉例：那些衝擊港大校園年紀大樣子猙獰粗口爛舌（袁教授語）的人，真的是捍衛學術自由院校自主的學生嗎？受傷的女示威者如何以胸襲警？卑劣的政棍值得盲撐嗎？……

　　2017 年 7 月 1 日起，換班了，港人更須一雙明目……

# 葡萄精

秋天盛產葡萄，多吃功效很好，預防心腦血管病、興奮神經、抗病毒抗癌抗衰老、補虛纖體……不至於傳說中堪比冬蟲夏草，那有這麼神？但連皮帶籽吃下，全身是寶的葡萄營養價值高。

這天看到日本超市有香印葡萄，果實飽滿充滿清香，是漂亮的翡翠綠，當然還有黑光、紫苑、麝香、貓眼、巨峰……季節限定，雖略貴，也捨得。

我們喜歡葡萄。人們常道「吃不着的葡萄是酸的」，有一人發揮得淋漓盡致。恨做特首恨到發燒口水滴滴淌之葉劉，對任何潛在對手都酸性負面批評，總之沒一個好只她老人家最好，這「妒恨出面症」天真得太明顯了──有食肆抽水，推出「葉扭葡萄卷」（紫蘇葉、西班牙黑豚肉加葡萄扭埋一齊燒），網上還有「葡萄 × 淑儀」來揶揄，唉，葡萄成熟時遭此牽連，真奇恥大辱！但孽瘤無法切割。

民間傳說，世上生物死物，若長久擱置或遭邪異之氣所侵，便成妖精。

漸變（或天生）葡萄精還扮「嬌弱」訴苦（之前在政改甩轆已哭過）：「有好多人睇我唔起，覺得你一個小婦人冇咩富豪、財團撐場……」

人必自侮而後人侮之，人必自輕而後人輕之——香港人受不了藐嘴藐舌小器巴辣，與是否「小婦人」無關。

幸好在角逐特首時，葉劉連入閘的 150 票也湊不足，而林鄭又被捧上位。因非港人「一人一票」真普選，所以大家沒多大反應。

# 美心紅衣寶寶

　　我基本上不吃美心麵包，餡料不足又粗糙的「空氣包」，領教過了，有些人還獲得「贈品」（小蟲），網上可找到噁心片段。美心的快餐亦時因衛生問題被投訴、判罰款。

　　——但，每年賀年宣傳，美心妹妹、美心少女，都漂亮可愛，十分吸引。

　　過去的美心妹妹爆紅，大受歡迎，活動不絕還出寫真集，不過拍攝包裝惹起爭議。而小妹妹又長大了，回校上課當個普通的女生，不再出風頭也是平淡之福。如今人和事淡忘了，而新的小小女主角又上場。

　　今年這位紅衣寶寶實在太迷人了——真的迷死人！一張蘋果臉白裏透紅吹彈得破，一雙無邪的眼睛黑如點漆，不帶雜念的天真明亮。小妹妹表情自然，向爺爺撒嬌親熱送禮，一笑，叫人恨不得抱之入懷好好疼惜。

　　美心真有本事了，年年都找到 A 級代言人——

小孩大得快，她們把最爛漫的童真，送給了廣告。那本宣傳小冊子，我愛不釋手。明年就不是她了。

有回看日本命力美目藍莓素的廣告，雖是 2017，但用了舊照，精靈童星 Jacky 仔當然可愛，光陰似箭，去年中學文憑試放榜，他已大個仔還很老積呢。

# 肉桂蘋果小籠包

在台北吃到甜蜜小籠包，偶遇，感覺很有趣。

不管在上海或台北點的小籠包，或加了絲瓜或加了蟹粉蝦仁筍粒……都皮薄餡靚汁鮮就是，名牌與否確有點差距，但不太大。

小籠包是鹹點，沒想過變甜。

那天台北大雨，沒地方可去，逛地下街到台北車站喝下午茶。忽見一上海式「紅豆小館」，有下午茶呢，任選指定的鹹甜點心一款加飲品，台幣 198，我們選了起士煎餃、肉桂蘋果小籠包、烏龍奶茶、香片——但份量不大，還得另點了蘿蔔絲酥餅、麻辣臭豆腐春卷、心太軟……怎能算是「下午茶」？

這家小館愛創新，不過有些是「過份」的，如起士煎餃和藍莓起士春卷，就「芝士」得不倫不類，也許有人愛嘗新。而那肉桂蘋果小籠包原來很受歡迎，有小小流心，蘋果也香甜，成鎮店之寶。他們也推銷一些甜品禮盒，糕點湯圓，四喜湯圓有福（紅麴）、祿（綠茶粉）、白（糯米粉）、灰（芝麻色），不知

會否以肉桂蘋果入餡，一新食感？

　　這個冬天有食店推出陶鍋上的熱豆花，台灣豆花不是豆腐花而是果凍式凝製品，所以沒豆味也不夠香。我只愛地道燒仙草，加紅心粉圓、薏仁、芋圓、地瓜圓⋯⋯已十分滿足。不需要花巧。

# 拖水、滑石、
# 四大……

　　2017 年 2 月，前特首煲呔曾瀆職候判時，押送至荔枝角收押所（後因呼吸困難轉送伊院）。他的兒子在區內專賣士多，買了一批日用品（自備藥物）、餅乾朱古力等零食，還有魷魚絲。曾是 72 歲老人，身體欠佳，經常咳嗽，為什麼有魷魚絲？

　　據「過來人」言有所謂「四大」。帶進去的必須是署方認可物品，各有指定牌子。食物限定 7 款：時興隆魷魚絲、嘉頓香葱薄餅、優之良品沙爹豬肉乾和牛肉乾、M&M's 朱古力、華園魚皮花生、啫喱糖——「四大」之一是魷魚絲。犯人不吃也可「交朋友」，或當「貨幣」使用。最通用貨幣當然是煙仔。

　　日用品有術語：祝君早安面巾喚「拖水」、大枝黑人牙膏喚「醒神」、力士香皂喚「滑石」、花王洗頭水喚「漿水」……獄中日用品都是「垃圾」，而 Tempo 一條過長方形紙巾每月只限 10 包，十分珍貴。所有指定物品進後大兜亂才分發犯人，以防夾帶。

　　由於煲呔已被判監 20 個月，兒子所買的「四大」

零食就不能一嚐了。「過來人」出獄後，以上所有牌子日用品及食物絕不再碰。希望煲呔撐住，靜心安然，放下自在，度過人生中失去自由和尊嚴的逆境。

我們相信法治，尊重法律。那濫用私刑被判囚的七警（七犯），承受因果，人人平等。689 他朝君體也相同。

（2017 年 4 月，曾獲准保釋外出等候上訴。）

# 忘了黑心肉？

2017 年 3 月 17 日起，遭揭發的巴西黑心肉風暴令全球震驚。以含致癌化學物質掩飾腐敗發臭的劣肉，亦會用薯仔、水、紙皮，混合雞肉加工……香港是巴西最大凍肉進口地，佔總入口量約四成。噩耗傳來，不少商戶食肆都表示下架、停售，港府公佈禁止進口，並回收。

麥當勞那麼普及的快餐店，聲稱肉類來自中國大陸，看來一山還有一山低——大陸的肉沒那麼黑心？不過他們也有巴西貨，「預防性」暫停出售香烤雞翼。港人如常吃快餐，忘了黑心肉？只因有更大風暴，如儲存三百多萬選民個人資料的電腦離奇被盜，私隱外洩，後來更嚴重……還有，未來五年十年或更長遠，香港已淪為白色恐怖廢城，那黑色又有什麼大不了？

麥記全線已有新系列 The Signature Collection，不外牛或雞，但自成一國，執好個樣賣貴些，高其他一等。最新加入「東京之夜」，一試，不明與「東京」

有何關係？

　　麥記設表現親民（有點空洞應酬）的工作人員，解釋一番：「因為個芝麻墨魚汁包⋯⋯因為煎蛋唔係用個鐵圈圈住而係正常煎法⋯⋯因為 D 雞好脆⋯⋯」但這些又有何特別呢。我們笑：「教你講重點——D 醬汁好日本。」她如釋重負：「係嘞係嘞！」咦，忘了問為什麼仍有香烤雞翼賣？

# 「腦滿腸肥」

「過年期間好食懶飛，大魚大肉，肚滿腸肥急救法⋯⋯」

「大陸貪官污吏搜刮民脂民膏，貪腐公帑善款，人人肚滿腸肥。」

「UGL區區五千萬算什麼？官商鄉黑勾結，利益團夥肚滿腸肥，資產早已轉移外國。」

「肖建華蒙頭坐輪椅被帶走，一萬億資產凍結？肚滿腸肥的驚弓之鳥遍佈中港台⋯⋯」

——一直沿用「肚滿腸肥」。但原來這個成語正寫是「腦滿腸肥」。

用「腦」字，所指部位是「頭」，多方剝削者飽食終日肥頭大耳暴發肥胖。有出處：——

（一）《北齊書·琅邪王儼傳》：「琅邪王年少，腸肥腦滿，輕為舉措。」

（二）清·吳趼人《痛史》：「匹夫但知高官厚祿，養得你腦滿腸肥，哪裏懂得這些大義。」

（三）清·納蘭性德《念奴嬌》：「便是腦滿腸

肥，尚難消受此荒煙落照。」

　　即使知道出處和正寫，大家喜歡用「肚滿腸肥」，已成通俗還更惡俗，「肚」很準確地指控了實況，特徵明顯，囤積膏脂贅肉於大肚腩，強國貪官的㿿照視頻已廣傳，不容置疑。除非校對及學者執正，還是沿用。

# 「番茄炒蛋」的暗喻

一度，689謀求連任——不用「爭取」，因是不惜一切手段，陰謀詭計去強求——過去的競選工程女將不再支持了，包括羅范椒芬、丘李賜恩、紀文鳳等都 say no，所以他只能另覓些庸碌二打六助選⋯⋯

寫689「畀女飛」。有人留言：「番茄炒蛋」。

最初摸不着頭腦，因為那麼噁心惹嫌一臉灰斑的形象，如何與亮麗醒目的番茄炒蛋混作一談？

雖然前奧運會中國體育代表團制服黃襯紅，慘遭揶揄，但這是設計者失手。在家常小菜中，番茄炒蛋顏色吸引，酸甜鮮香，很有營養價值，更是不少人懷念的「老媽的菜」，幾個雞蛋，幾個番茄，還有番茄醬、葱薑蒜末、白酒、鹽⋯⋯別忘了糖（否則好酸）就可以。

——不過現今網絡潮語，番茄代表女人，蛋代表男人，「番茄炒蛋」是女的甩男的，「蛋炒番茄」就是男的甩女的。我想，應該也有「番茄炒番茄」，或者「蛋炒蛋」吧。

網語中的「炒菜」、「炒飯」、「炒粉」，因那「炒」的大動作帶點暴戾也很激情，暗喻搞嘢以至做愛。「炒魷」沒有綺念帶着無奈和悲涼。而 689 一生最拿手就是獸性大發「炒大鑊」，還得了 DQ 強迫症，瘋狂 DQ 四名立法會反對派議員，惟恐天下不亂。

# 「Show me your love」

　　情人節，港人特別同情一個「被寫情書」的男人。同李波一樣也喚阿波，這位兆波公開展示不甘後人的情書，效忠祖國和夫人（大陸用語），不讓對手 fb 吸睛。兆波，就是林鄭的「林」。

　　港人非常了解「2.0」的言行表現：眼中只有我、我、我！各方得輪流讚美、吹捧（在台下較低層次仰視之），她喜歡成為高高在上的中心人物，忘了只是個政治傀儡，空洞乏力。參選以來，林鄭的專長一是「撬」，倚仗惡勢威逼利誘，把人家的撬過來；二是「抄」，由 fb 到口號到政綱，薯片叔有的，她就厚顏地抄，東施效顰。情人節，當然也抄些鶼鰈情深來應景。

　　真有趣，兆波的「情書」好硬銷，老公寫給老婆不是甜言蜜語體貼關懷，竟是「期望你能成功當選，在新崗位上為香港市民努力工作，為落實一國兩制作出貢獻……」所附照片尷尬、生硬、愁苦，似受脅逼，如中霾毒，不情不願。

薯片叔薯片嫂就優雅開懷多了，難怪他落 tag
「＃今天我們不談一國兩制只談一生一世」，完美
KO 林鄭。

掃興的情書，離題的示愛，淪為笑話一則：──
「有人上餐廳，美麗的女侍應介紹情人節特餐『Show
me your love』，又正又暈浪。上桌了，原來是『粟
米肉粒飯』。哂！」

# 「振鼎雞」聯想

振英加浩鼎，暗地打龍通，企圖干預立法會對UGL 的調查，狼插手修改（逾 40 處），豬被「奪舍」（或借屍還魂）執行指令。有人説如賊教警察做嘢？怎會？賊和警察是一家。

但此事被揭發，且招認是 689 主動的，如田少抽水：「醒少少都做唔到梁粉。」

梁的質素、梁粉的質素，有目共睹。找着唔夠班的？意味每況愈下。無人可用。而這回二人勾結之組合，就是「振鼎」，叫人想起「振鼎雞」。

「振鼎雞」與政治私通無關，沒那麼骯髒，它創立於 1996 年，是上海一個出名的招牌，這小吃餐館原來非常普及，分店又多。以前我愛住黃浦區南京東路近上海書城一帶的酒店，交通方便小吃又多，買書之餘便到福州路的分店吃雞──菜單只是白斬雞、雞胗、雞爪、雞粥、雞汁拌麵、雞鴨血湯。人人都買買1/4 或半隻雞，蘸店方秘製的薑蒜醬汁，埋首吃個不亦樂乎。我覺得是醬汁加了分。

後來受禽流感影響，生意不如前。我已很久沒到中國大陸，怕霧霾又怕地溝油等假劣毒飲食。後來一問上海的朋友，説已結業了。網上留着介紹和食評，現址已經找不到了。

本城的政治振鼎雞，仍未結業，在「搵食」中。

# 「玖子貴」薩摩揚

　　炸魚餅在日本很普及。起源於九州鹿兒島一帶，稱「薩摩揚」，關西地方指油炸物料理為「天婦羅」，台灣則以日語發音換成漢字「甜不辣」，港式不是炸魚餅而是魚蛋，十大小食中的三甲。

　　一般是把各種食用魚（如鯖魚、鯛魚、鱈魚等）做成魚漿，加入調味料，混合一些切碎的特色配料或其他海鮮類，弄成圓餅狀、球狀、長條狀扁平狀⋯⋯拿去油炸，顏色味道各有不同。說真的沒什麼營養價值，油炸太久也有膽固醇問題——不過方便、香口、好吃，所以受歡迎。我喜歡加入薑粒、枝豆、紫蘇和章魚的。

　　最近 SOGO 超市大革新，引入很多日本品牌飲食，其中一家喚「玖子貴」，成立於 1995 年，在鹿兒島、福岡及東京都吃得上，打正「薩摩揚」的招牌，首次登陸香港。

　　有粟米魚餅、安納芋魚餅、流心蛋魚餅，這 3 款熱賣，此外有明太子醬、甜蝦芝士、香葱檸檬鹽（最

美味！）等。才買幾件回去下麵，一小盒，花了近二百元，當然味道和口感是不錯的——但它開宗明義就是「貴」。

當我們在鹿兒島大吃時，就完全不理價錢了，這是旅人的奢侈。選擇多，還有「地道」風味更佳。

# 明太魚、明太子

我很喜歡日本酒店的「和式朝食」自助餐，因為有幾十款伴飯佐粥的煮物、揚物、燒物、漬物，九宮格盤子總是盛不了，份量小但精美漂亮又好吃。

還有烏冬和蕎麥冷麵，佐食的除健康又不膩的漬物外，也有小缽的鹽漬或辛子，其中見「明太子」。

今時今日日本各大城市都淪陷於強國旅行團，一家大小充斥酒店和餐廳，很吵。

很多時我們視若無睹聽若不聞，免煩。

那天見人插隊又擾攘，讓他們先取食也罷。

甲：「咦？這紅紅的像塑料的東西是什麼？」

乙：「有牌子，看，『明太子』。」

甲：「明太子，是什麼？生吃的嗎？」

乙：「放在米飯上面吃的，你瞧人家。」

甲：「好吃嗎？一坨泥似的。」

乙：「應該很名貴吧，明太子嘛，日本人的『太子』就是高級。」

甲：「對對對，多要幾坨！」

——「明太子」與「太子」一點關係也沒有。

它也不算高級名貴之物，並非宮廷吃食，很普及。

日式料理中常用到，例如牛肉火鍋，那蘸食醬汁自己「混」，都用醋、醬油、芝麻醬、蘿蔔茸，加一勺辛子明太子，便很美味。飯團、炸魚餅、玉子燒，中間也夾着明太子。還有漢堡包、意粉、多士、茶漬飯、烤魚、涼拌或用豬肉煙肉紫蘇葉等把明太子捲起香煎，也是一道道美食。

最著名的產地是福岡縣博多。

明太子是明太魚的子，即魚的卵巢。外形橢圓微長，緋紅色，很艷麗。薄薄的膜（衣）裏，裹着成千上萬細小顆粒，一坨的分不清楚，但吃進嘴裏，呸呸卟卟如小型煙花爆炸，沒有三文魚子般奔放，但也有特別口感。新鮮的解凍即食，也有用辣椒香料加鹽醃，辛子明太子加工後帶鹹香微辣，是受歡迎的小菜。若得空又愛下廚，可炙到表面微焦而內裏半生，

別有風味。我本人則不算十分喜歡。

海鮮類食材醃漬後有種特殊的甘醇鮮味，脆脆的小顆粒令其身價略為提升。日本吉野家牛丼，分店多如牛毛，而且經常在牛丼外加添新意，以免太過枯燥。我也喜歡日本的吉野家（還有宮本、天丼屋、鰻亭）平民小店，米飯特別好吃！吉野家的早餐，加添煙肉煎蛋、鮭魚牛肉、明太子等選擇。點了明太子、牛小缽、葱花蛋（一大皿葱花，加生雞蛋來拌飯）、鮭魚（即點即烤），還有客野菜豚汁，真是豐富。連吉野家都有明太子，便知逃不過。

——但，明太子並非日本國食，原來是韓國人發明的。

明太魚，正式名稱為黃綫狹鱈。這種鱈魚分佈於朝鮮半島為多，屬近底層冷水性海魚，身體長形，後部側扁，有大有小，部份體長可達 900 毫米。典型的底棲魚類，以各種底棲小魚及無脊椎動物為食，自己也成為大型魚類以及海獅、海狗、座頭鯨等之食物。

世上最擅吃明太魚的當屬朝鮮民族，關於明太魚名字之由來，朝鮮王國有著述：「明川漁夫有太姓者，釣一魚，使廚吏供道伯。道伯甚味之，問其名，皆不知，但謂由太漁夫所得。道伯曰：『名為明太可也。』自是歲得千名，遍滿八路。」自朝鮮咸鏡道明川郡太姓漁夫，將其「貢獻」給觀察史（道伯）開始，明太魚不但吃之不盡助民渡過災荒，還保佑君民，國泰民安，故又稱「民泰魚」。每年清明節，家家戶戶都吃，成為朝鮮國食。而明太子就是魚卵加工衍生的美食。

並不常吃明太子，不管如何醃漬，總是有點腥，而且口感過綿爛，真如強國大媽所言，是「一坨一坨」的，你說像什麼？

在中國東北，吉林省延邊朝鮮一帶，冬天了，很多人家把明太魚洗乾淨，去內臟，掛在外面凍乾，魚肉中水份晾乾升華，成了條狀，可以撕下來放嘴裏嚼，燒烤後更甘香，後來中國也流傳這鱈魚乾製法，因它條狀又乾燥，如柴枝，稱「柴魚」。

明太子

本体 一七九円
税込 一九四円

柴魚乾

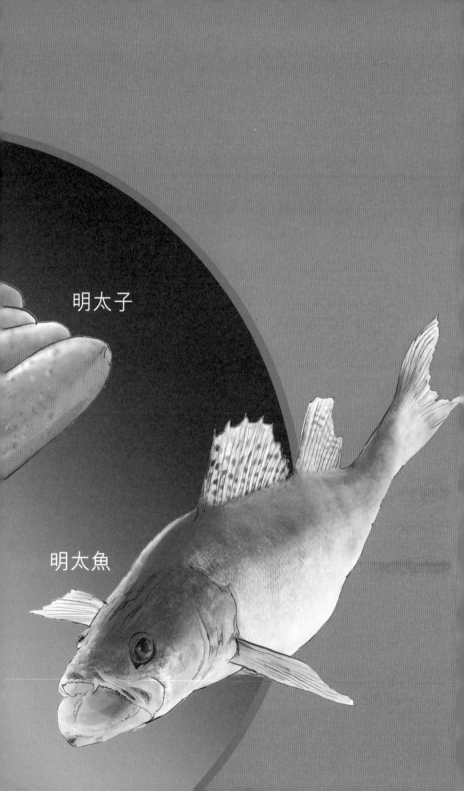

明太子

明太魚

日本也有柴魚，是黝黑的鰹魚乾（又稱本枯節、乾鰹、木魚。刨出來薄片，風吹會抖動的稱木魚花），因用鰹魚腹部後方的肌肉發霉乾製，堅硬如柴，可以打傷人呢。必須刨木似的處理之。多用來煮湯、添味。

　　而中韓和西洋各國的柴魚多用鱈魚，未經鹽醃而風乾凍乾曬乾，不算堅硬，魚肉可以一條條撕下來。

　　柴魚高蛋白，低脂肪，味道清爽甘香，且有健脾胃益氣血之功，廣東人最愛用來煲粥，記得嗎？柴魚花生粥，從前有些小販，會挑着擔子沿街叫賣，或在小巷固定地點開個簡陋的檔口，為小市民供應「家鄉之粥」：

　　「皮蛋瘦肉粥、柴魚花生粥、菜乾豬骨粥……」

　　這些「市聲」當然再也聽不到，而傳統的粥品也少見，連鎖店的粥只是「餬」，鹹肉糉沒有蛋黃，腸粉都是半冷不熱的。

　　柴魚花生粥雖市井又普及，也可以吃得很「骨

子」的：把豬骨醃鹹，柴魚手撕（刀切欠紋理）成細條，加花生煲的一鍋粥，一掀蓋，好香！吃時灑點葱花、中芹碎，澆上麻油，再加上薄脆，這碗粥就神了！煲任何粥時，若加入一點腐竹碎，令之更綿滑可口──這是我們童年的記憶和感情⋯⋯

# 電車 • 捐衣 • 校長多士

電車，1904 年誕生，至今 113 載，是香港最古老又最便宜的交通工具（每程 $2.3）。如果有時間，或想放空自己，什麼也不做，最好坐「叮叮」，遊電車河——它「叮叮」、「叮叮」的，緩緩前進，暢通無阻，清風送爽，很舒服。

我愛電車，寫過很多遍，由小說到攝影集到散文，電車都是主角，或主角芳魂的寄託，或在懷念過去老好日子時，自行在它身上回魂。常擔心不知哪天失去了——因為香港這些年來，不少美好的物事、核心價值、我們戀戀不捨不肯放手的東西……都一一失去。

猶幸電車這個 113 歲的「人瑞」，仍健在。

我有一回遇上位兩個月後便退休的電車女司機，跟她聊了一陣，她駕駛電車已近三十年了，別看是依軌跡運行，每日載客 18 萬，不過是「去」、「停」而已？其實因不能轉彎、扭軚，不易避開中途殺入的人和車，得小心駕駛。它雖慢，又沒殺傷力，不過一

192

旦故障，全線癱瘓，這是最大的不便。

　　——我就碰上罕見的一次。

　　不是四月初時中環那可怕的電車出軌翻側事故，那是發生在凌晨時份駛經德輔道中一彎位時，電車失控出軌，猛撼東行線的電車站，全車向左翻側，乘客頓變「人肉骰仔」一仆一碌，場面驚險混亂，共 14 人受傷，其中 11 人須送院治理，車長涉嫌危險駕駛導致他人受傷被捕。

　　電車翻側事故罕見，百多年來只發生過 3 宗，在 1964 年、1983 年及 2017 年。

　　而我那麼「幸運」碰上的意外，不關電車事，沒人受傷，但交通是癱瘓了。

　　一輛私家車不知如何失控剷上電車站，撞倒鐵欄又衝前一陣才停下，路軌上還有煞車痕跡，沒撞到人也沒撞到車，不過就得封路處理。就在我們眼皮底下發生，才拍了幾張照片，車長已着全部乘客馬上下車。我說我可以等一下（職業本能觀察狂和另一個原

因），但不可以，他說全線電車停頓，後面還有五、六輛以上陸續駛至，都得全部下車。無奈下車一瞧，果然有電車龍，唉……

之所以「無奈」嘆氣，只因我拎着一大袋重物。下午交更又截不到的士，真是兩頭唔到岸。

那是一大袋收拾下來準備捐出去的衣物。為了環保也可助人，市民捐衣有多個途徑，社區有舊衣回收箱，或可送至慈善機構，如是大量（5個大紅白藍膠袋份量或以上），有些會派員上門回收。不過我通常交到「救世軍」家品分店，坐電車到筲箕灣總站，就在東大街，很方便。他們收到捐贈物資經分類後，部分直接贈予社會上的弱勢社群，如獨居長者、露宿者、釋囚及領綜援人士，部份於家品店低價銷售，收益用於救世軍推行的社區計劃。

看看他們的衣物家品標價，是很便宜的，有需要人士可在此買到平貨。其實大家衣櫃中，必有好些買了不常穿、不合身，或根本就忘掉了的衣物，或想用

新型號新款式顏色的電器家品，舊物性能仍良好，別扔掉，可捐出去循環再用。

拎着一大袋重物，流落在西灣河太安樓站——但我是個比較堅毅，逆境求生的小市民，既停之則安之，先去幾步之遙的太安樓買凍飲和著名的格仔餅（嘩，原來海南雞飯那檔有人龍呢，想不到那麼紅火！）。待出事私家車被拖走，交通回復正常，「叮叮」通了。我又上路了。

上電車後，才下起雨來。

這天是什麼日子呀？如此對待一位善長仁翁呀？「殺人放火金腰帶，修橋補路冇屍骸」，真有點生氣，我這「一帶一路」，決非利益輸送貪腐有道的紅色「一帶一路」，怎麼不順若此？

不過還是前進吧。幸好到了總站，走幾步便到，我把衣物袋交給店員，出來後雨仍下着。

這筲箕灣東大街向來是美食之街，附近一帶很多著名的小食店和餐廳。

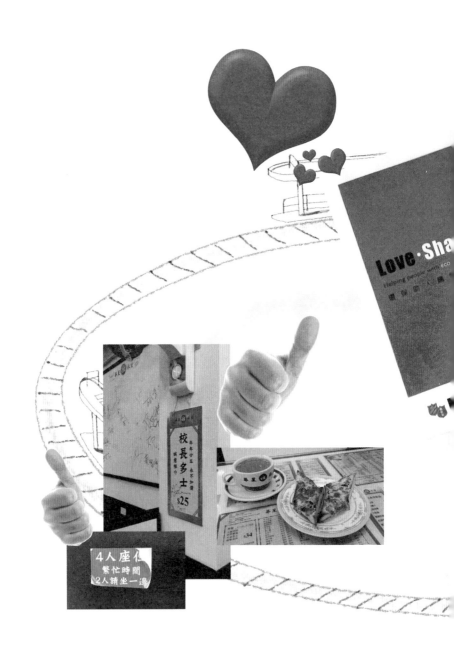

左右一瞧，附近是華星冰室。

華星冰室的老闆是樂壇中人，有沒有從前「華星唱片」中人就不知了。它在灣仔克街、旺角、筲箕灣都有分店，但平日人多，我也不會特別光顧。華星冰室近日上過港聞版面的，是「美食車計劃」推出超過一個月，他們因場租及不容許四處停泊吸客等原因，率先放棄搞美食車。

黃昏大雨中走進冰室，這主打八十年代情懷，又張貼了不少歌星海報、照片、簽名的老式冰室，也sell名人效應，如「軟硬沙爹牛肉包」、「森美鹵肶」的小吃。餐單較一般，向以炒蛋、奶茶見著。

但有一道厲害的鎮店之寶，便是「校長多士」。

時移世易，樂壇好日子過去了，那時巨星如雲，位位都有唱功有特色還有星味，旺盛得叫回望的人惆悵。如今江河日下，充斥二打六──算了，校長已逾花甲仍在演唱（下半年還與許冠傑拍檔），年年廿五，譚詠麟這個爛gag一說幾十年，但確有它的代表

性，不容易。

我們不提華星的風光，就賞校長多士的美味吧。

以此具名招徠，又有他簽名確認，一來許是譚校長愛吃，二來因只售 25 元，「年年廿五，永不加價」。誠意推介，真的很好吃！

這是一客黑松露芝士 open toast，烘得熱燙、香脆，黑松露醬和半焦的芝士十分配合，而且 $25 是很值的，希望他們堅持下去永不加價，讓之發揚光大。

吃過「校長多士」和奶茶，我也很滿足，忘記了一天下來的意外和奔波，也不怪天氣──到底是因為以上種種，才湊成與「校長多士」的偶遇。

回程仍坐電車。

時間在不知不覺間流逝。「時光荏苒」一詞中，「荏」是一年生草本植物，即白蘇，可搾油，嫩葉可食，但它柔軟、怯弱；「苒」指草木茂盛，但也通「冉」，慢慢移動，逐漸退下──「荏苒」雖傷感，來不及回憶已是前塵，但更迭交替，雖非故舊，尚可

綿延。

　　人生總有高低起跌悲喜興衰，不要緊，香港人慣見風流總被雨打風吹去，也如常的過日子，賊王葉繼歡去世了，五官神情酷肖他的 689 仍掙扎弄權；007過氣了，777 上場當宮娥特首⋯⋯又如何？大家自求多福，自得其樂吧⋯⋯

# 用一根筷子
# 自殺的上將

　　2017年4月下旬，中國大陸有報道，不是頭版也不在重要位置，那是一貫的貪官下場：「畏罪自殺」。但有點怵目驚心，因為死得很悽厲——他是用一根筷子戳進頸動脈而死的。

　　自殺者王建平（1953-2017），是一名下馬的現役上將，中國前武警司令、中共中央軍委聯合參謀部副總參謀長。習大大近年戮力打貪，隔三差五有人被抓。王是2016年8月25日，在成都住所遭到逮捕，同年12月29日遭軍紀委帶走，2017年4月下旬（正確日子多個說法相差幾天），在北京沙河總政看守所，以筷子代刀自行結束生命，已證實死亡。至於是「自殺」抑或「被自殺」？不知。

　　近年中共軍隊將領被查後，自殺消息不斷傳出，那些名字我們不認識（包括王建平），也沒多大興趣，反正舉國都是貪腐的「饕餮」，抓不勝抓，防不勝防，看哪個時辰到，有報應。

　　但一般自殺方式，都是服安眠藥、開車衝進長

江、在家上吊、失去自由者將衣服撕成條結成繩子掛在門上上吊、開槍自轟……最多的是跳樓，痛快！

而「用一根筷子戳進頸動脈」，當然是失去自由，身邊又沒利器，還有經過部署（得把它磨尖），可見抱必死之心——不過老皮老肉，「韌」，而筷子磨削得再尖也是「鈍」，摸索且確定頸動脈要害，鈍加韌，過程漫長，也死得相當痛苦，若可跳樓他一定揀後者，如今是沒辦法。

可見生不如死。

據報道，王在被「雙規」時，中共十八大尚有官職，曾暗自慶幸逃過一劫，不用下鍋。但不久後又「惶惶不可終日」，想自殺但又沒勇氣行動。直至2016年8月底，在寓所被軍事檢察院特警抓捕，同時被捕的還有王建平妻子、情婦、秘書、曾任武警司令辦主任、機要秘書、隨行警衛……共16人，方知大勢已去，癱倒發呆。而原機要秘書在逮捕期間「及時」開槍自殺身亡，主角則在看守所受盡折騰，以悽厲方式

為自己寫上句號——對，並未「及時」，錯失良機。

但其實一開始就知道後果了。

王遭抓捕、押扶（可見腳軟走不動），失常地喊：「我交代！我罪大惡極！」、「我跟周永康、令計劃太緊。」、「我和徐才厚、郭伯雄搞得太密。」……看，都是吃「大茶飯」響噹噹的名字，大老虎！交代一些人，隱瞞一些事，捲入派系鬥爭，不外出賣和被出賣、欺騙和被欺騙、利用和被利用、打倒和被打倒……緊要關頭，不是你死就是我亡。

世上哪有所謂「戴罪立功」？只有過，哪有功？作過交代，當過二五仔、金手指、叛徒，誰再相信你？

他身居司令高位，武警部隊一向是打壓民眾的猖狂工具、厲害團隊、貪腐、以權謀私、活摘器官、強行拆遷血案……（餘不一一）都有直接相關，難辭其咎。

死於一根筷子，人人使用的進食工具，天天拎在手上的至普通之物，真匪夷所思。

但我也有點疑惑。

以前訪問一些在大陸蹲過號子的人，牢房是另一個世界，裏頭充斥來自三山五嶽江湖河海的問題人物、犯罪份子。坐大牢的，一百幾十人，好欺負的都被大夥一人一腳踹到最裏頭。躺在最前邊的通常是老大，那兒空氣好、分食快，饅頭多佔。踹到最後的，屈辱地擠在幾個尿桶旁，百多人於此解溲，大便拉在紙上亂扔⋯⋯

現今「文明」一點，有規律一點，集體行動，互相監視，全部排隊，仍是難熬的，天下烏鴉一樣黑，天下牢獄也一樣黑。好人進去會變壞，壞人進去更壞。

說說食物吧，北方監獄和看守所，早飯是粥水，另午晚每頓饅頭鹹菜。菜一般是市場上什麼便宜吃什麼，爆鍋後加水煮，油很少，偶爾有片肉，也薄得可憐。排隊領飯後，全蹲在號子裏吃。

用不用筷子？

過來人道，沒有筷子，也沒有長條硬物，因為這些物體經過磨削，可以要脅、撬鎖、攻擊、傷人、自殺，很危險。一般用手抓吃，或用勺子，不能用金屬，只是塑料小勺，比那些一次性餐具還要軟一點。而牢中是不設什麼塑料膜保鮮膜的，因為扭成一韌線後，可以殺人，或上吊。

　　但中國那麼大，追查一下，也有些號子犯人可以用筷子，圍蹲一起進食，你看着我我看着你。限時吃完，得快，所有餐具回收，都清點數量，看有沒有被藏起來。一有閃失，都「連坐法」人人有責，會集體受罰，主要是取消減刑，這個最慘。

　　而王建平是高官下馬，關押於看守所（或是單獨囚禁），未下獄，在那裏頭，一般有身份的人，會有筷子的，給他一點點尊嚴——但也有可能提供了想法……

　　不管是「自殺」抑或「被自殺」，俱往矣。

　　如今已化灰的王，當初如何上位的？

——他是踩着別人的鮮血晉升的。

據報，1989 年 6 月 3 日深夜，王建平奉命帶領着由 180 人組成的「防暴突擊隊」，走入天安門廣場執行清場命令，他們用 32 支衝鋒槍和煙幕罐等開路，一時間「槍聲震天，子彈火花四射」，學生和民眾被驚嚇得四散奔逃⋯⋯橫掃之後，王建平等人於 6 月 4 日凌晨進入了天安門廣場。

從此，以心狠手辣見稱的王官運亨通，貪腐弄權，腰纏萬貫。由「戒嚴部隊」建奇功始，到以一根筷子償還孽債終。

是有報應的。

# 為半條魚
## 自殺的公主

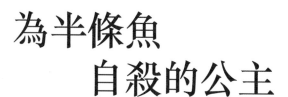

　　人天天都要吃飯，食材不外魚、肉、瓜、菜，千變萬化。

　　中國人吃飯，多圍桌圍爐多人共食，不管是筵席上或住家飯，客人或家人，都會布菜、分羹、共享，唾液交融才是親切一家子。

　　日本人比較自我，也注重個人選擇和衛生，料理、會席、弁當都是一人前（一人份），這一份，什麼都齊全。我們不喜歡吃飛機餐，而飛機餐正是「一人份」的供應概念，雙方都方便。

　　但別以為中國圍桌共食有數千年歷史，很久之前，在春秋戰國時期，原來是分席制的，尤其是宮廷中，帝后公主王子，都「一人前」。

　　為什麼寫到宮中吃飯的歷史？因為我無意中看到一段非常荒謬的記載，在《吳越春秋•闔閭內傳》中，提到吳王闔閭有個十四、五歲的女兒，滕玉（也有作勝玉，不過選用流傳廣些的「滕」）公主。

很簡單：

「吳王有女滕玉，因謀伐楚，與夫人及女會蒸魚，王前嘗半與女，女怒曰：『王食魚辱我，不願久生。』乃自殺。」

你說是否好詭異？

魚不過尋常食材，而蒸魚最原汁原味了，沒什麼花巧或特別炮製方式。這一家子是父王、母后、公主。雖然分席制人各一份，滕玉身份再高，在父王面前也不過小女兒，就算你人如其名，像「玉」般純潔、尊貴、脆硬、易碎、傲慢、冷酷——但作為父親，一邊商量戰事一邊進食，嘗過蒸魚覺得好吃，寵愛小女兒，留下半條給她，有什麼問題？天下間的父母都會這樣做的。

誰料這滕玉公主，竟然認為父王用半條魚來侮辱她！當場發難，把碗筷一摔，跑到自己房間，痛哭失聲，還哀傷到想不開，生無可戀，最後抽出一把短劍自殺而死。

你把吃了一半的魚給我，是什麼意思啊！不堪
「受辱」？為半條魚？送了一命！

吳王一看，愛女倒身血泊中，真的死了，痛心不
已。吳宮上下雖然惋惜，但也莫名其妙。

公主葬禮極其隆重，太精彩了，老百姓們都沒見
過此等陪葬品：金鼎玉杯，銀樽珠襦之寶，闔閭還鑿
池（後世傳為太湖，應不確）積土，文石為槨，題湊
為中，葬於國西閶門。

這場葬禮，最好看最吸睛的，是「白鶴舞」，數
百人表演的大型團體操，每人手持一隻超大的白鶴，
用竹子做骨架，白絹做身子翅膀，羽毛還像真得很。
他們拉動牽線，讓白鶴舞於吳市，祭死者靈魂升天。

這送葬隊伍吸引到大批民眾隨而觀之，不但沒有
驅趕之意，還在市中停留表演聚眾，歡迎加入送葬，
大夥吃瓜吃花生，都愛湊熱鬧，圍觀者愈來愈多，有
上萬人之數。

白鶴隊邊舞邊向滕玉公主的墓地走去，老百姓好

奇推擁向前，看還有什麼好節目——萬人擠進墓穴唯一通道，忽出現大隊士兵將他們往裏趕，好些人站立不穩，也有互相推撞、踩踏，或被士兵砍殺，總之，全都被封鎖關閉於墓穴中，成為「人殉」。公主死後的陵墓居室有了，珠寶首飾綾羅綢緞夠了，還有上萬奴僕供她在陰間使喚，並非強行殉葬，而是歡天喜地尾隨而至，自願入甕。條石一放，墓門一關，這群看熱鬧的老百姓，便是極其無辜的殉葬者。全城各家各戶均有失蹤人口，哀哭震天。

吳王闔閭以此來減輕自己心理負擔，掩蓋喪女的傷痛，實在是邪惡暴君。

荒謬的歷史蓋棺論定？

不，我倒有不少疑惑。

這滕玉公主，照說再受寵溺，驕縱、任性、刁蠻、脾氣壞到了極點，也不致因為半條魚自殺，白送一命（還連累萬人殉葬）——應該有原因，案中有案。

她才十幾歲，青春少艾，未婚，生活無憂，那麼

她的死，是否與情竇初開但感情不如意有關呢？

　　因為「半條魚」的「羞辱」而自殺？則有多個可能性：

　　（一）思覺失調？抑鬱症？失心瘋？總之她是位精神病人。

　　（二）她愛上一個人，但殘忍的父王反對，把他丟進河裏，也死了。一是餵了魚，一是化身為魚，令她觸景傷情。

　　（三）父王把吃過的魚給她，表示一切還是領導人作主，他給你吃，你便吃，不能拒絕；他不給你吃，你不能要，明示暗示也不行。婚姻亦一樣。

　　（四）她的愛人，名字中有「魚」字。

　　（五）「魚」令傷春又受控的小女兒，聯想到不能自享的「魚水之歡」——古時候，魚與水的親密，比喻男女之間的微妙感情和性愛：融洽、自然、舒服。所以公主有性苦悶。

　　（六）她反胃，不忍吃魚。

——好，我決定追查一下……

首先，否定了十四、五歲的滕玉公主是名精神病人。好些「白卡傍身」的精神病患者，思覺失調、驚恐症、抑鬱症、躁狂症、強迫症……幻聽幻覺之類徵狀，不大可能發生在那麼年輕沒江湖打滾人生閱歷的女孩身上，她深居簡出，養尊處優，而且是父王的掌上明珠，蠱女蠱心肝，有何挫折可言？

十幾歲，青春少艾，未婚——對了，情竇初開。

求之不得，就有可能失心瘋了。

那所愛之人是誰？

正史中，她一生太短，亦無值得記載之處。當年沒有狗仔隊，也沒有專業人士查證，她死了，厚葬了，人殉了，也就化為血污，最後只剩白骨。那用來自殺的寶劍（盤郢劍）也陪她上路去，永埋墓穴中。

只能憑野史（或正史的弦外之音），以及民間口耳相傳瑣屑、後人加工編造之戲劇，自行猜測。

1984 年，有一齣越劇，喚《滕玉公主》，由李

敏飾演滕玉公主，王君安飾演諸子魚，二人有情，但不得善終。

那麼諸子魚又是誰？何以認識深宮中的公主？

戲劇以不朽愛情為主。

但我得從他倆的父親說起。

諸子魚原名專毅（不知為何改名？但古時候人人都愛改好幾個名字或外號。或者是「專諸的兒子魚」之意）。他的父親專諸（？～前515年），又作鱄諸，是春秋時大名鼎鼎的四大刺客之一。

「刺客」是人類歷史中最古老之特殊職業，也是充斥政治鬥爭的中國，盛產之一種英雄人物。刺客之中有幹活後默默無聞，湮沒於歷史長河中，也有因視死如歸的勇毅，流芳百世。四大刺客是「魚腹藏劍」的專諸、「弟忠姊烈」的聶政、「圖窮匕現」的荊軻、「斬衣三躍」的豫讓。爺們都是俠義之士，不過下場當然⋯⋯

專諸是屠戶出身，對母親非常孝順，與人鬥萬夫

莫敵，妻子一呼喊，馬上回家──是「懼內」嗎？其實妻子手裏拿着他老母的枴杖，見杖如見人呢。

吳王僚的侄子公子光（即闔閭），是個陰險狠辣的人，因吳王僚搶了王位，他憤憤不平想取而代之，自己才是真命之子！他隱忍了13年，暗蓄謀反力量，伺機奪位。

父兄被楚王枉殺，逃亡時一夜白頭的伍子胥，把專諸推薦給太子光，這位愛收藏寶劍的一代奸雄，鑄劍名師歐冶子的五把寶劍他居然收了三把。

專諸被待為上客，得知吳王僚愛「魚炙」，就到太湖邊學習燒魚技巧，三個月反覆練習，練得好手藝。

當時的刺客，感主子恩厚，都決心以死相報。專諸牽掛母親，臨行時回家探母，母親告訴他，大丈夫立於天地之間，當做名垂青史之事，不要為顧念家庭小事而遺憾終生，乘他出去取水不覺，自行吊死在後堂，免他後顧之憂。

及後，公子光設酒席宴請吳王僚，專諸把短劍藏於烤香的魚腹中，逃過重重搜查，送到王前，突撕開魚腹，用短劍刺向吳王僚，穿透三層盔甲，當場死亡，而他的侍衞一擁而前，把專諸砍成肉醬——這就是「魚腸劍」的故事。

不光是被刺的吳王僚愛吃魚，奸雄闔閭也很愛吃魚。

他帶兵渡海攻打越國時，船上沒糧了，正緊張時刻，無數金色大魚游過來，自投羅網，成了吳軍口糧，而且數目太多，直到吳軍班師回朝還未吃完。闔閭問，那些美味的魚還有麼？隨從回答：「都腌成魚乾了。」於是吳王大吃特吃，不覺得魚鹹，反大讚美味，還當場寫下一個字，上面是「美」，下面是「魚」，後來演變成「鮝」，專指魚乾。

闔閭即位，厚葬專諸，其兒子諸子魚（父與子名字都有魚，生死也與魚有關呢）被封為上卿，宮廷中行走。也許因而得與滕玉公主邂逅吧。

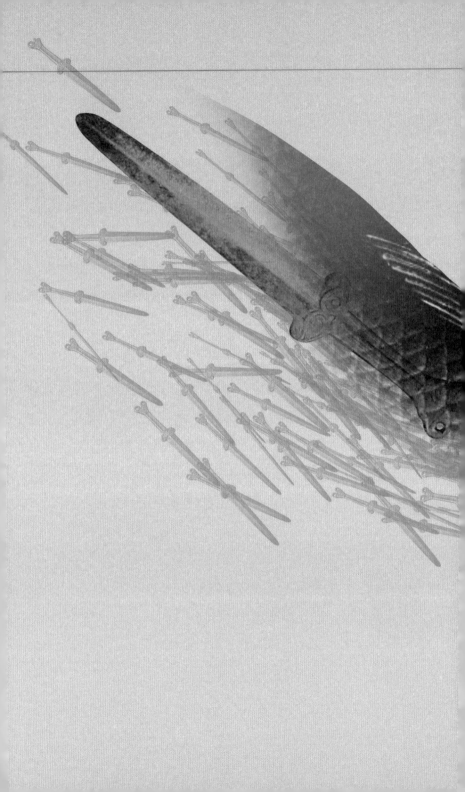

我猜，闔閭這樣心狠手辣的國君，不會把金枝玉葉許給刺客之子的，刺客只是暴君手上的工具、棋子、一次性用完即棄，效忠賣命，談不上「士為知己者死」。對他後人好些，不過因其沿襲父親的功勞而已，上得床還掀被蓋？不配！

　　當然父王幹了些不可告人的勾當，務求拆散小鴛鴦。「半條魚」喻不完整的阿魚的屍體？不可能的「魚水之歡」？滕玉可能有此聯想，也不甘受辱，所以……

　　——以上，只是創作人的猜想而已。

　　「情」是一切曲折離奇故事的起源。

　　「緣」是因果的環扣。

　　闔閭因為魚而奪位，故得天下。他愛吃魚，把半條魚分給公主，但她激動自殺了，故失愛女。

　　他喜歡收藏寶劍，魚腸劍殺了仇人，盤郢劍卻叫女兒送命並陪葬。他死後，兒子夫差（就是越王勾踐臥薪嘗膽後滅之復國那位）將父葬入深池之中，棺柩

外加套三重銅樟，池中灌入水銀，三千寶劍深藏蘇州虎丘，稱「劍池」，千百年來，吸引不少人去挖盜，不得安息⋯⋯

　　闔閭與「魚」和「劍」結下不解之緣。

　　善緣？惡緣？哀緣？冥冥中總有定數。

www.cosmosbooks.com.hk

天地

| | | |
|---|---|---|
| 書　　名 | 煙霞黑吃黑 |
| 作　　者 | 李碧華 |
| 出　　版 | 天地圖書有限公司 |
| | 香港皇后大道東109-115號 |
| | 智群商業中心15字樓（總寫字樓） |
| | 電話：2528 3671　傳真：2865 2609 |
| | 香港灣仔莊士敦道30號地庫/ 1樓（門市部） |
| | 電話：2865 0708　傳真：2861 1541 |
| 發　　行 | 香港聯合書刊物流有限公司 |
| | 香港新界大埔汀麗路36號中華商務印刷大廈3字樓 |
| | 電話：2150 2100　傳真：2407 3062 |
| 初版日期 | 2017年7月・香港 |

# 萬般滋味 系列

萬般滋味 01

雞蛋的墳墓

李碧華

01

萬般滋味 02

金蘋玉五郎

李碧華

02

七情＋食欲＝萬般滋味

萬般滋味 03

恐怖送肉糉

李碧華

03

李碧華

# 萬 般 滋 味 系列

萬般滋味 04

煙霞黑吃黑

李碧華

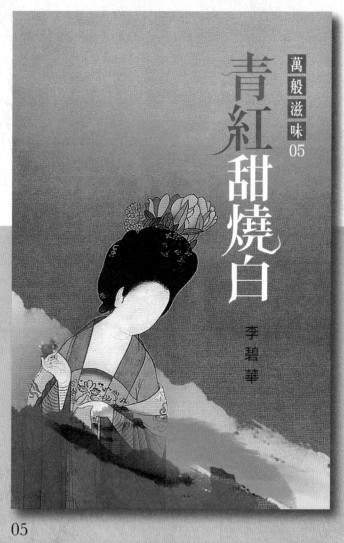

萬般滋味 05

青紅甜燒白

李碧華

新書

05

感情是美食的心事，或因饑渴、或因追尋、或因偶遇、
或因激動、或因懷念⋯⋯平凡的食物也格外銷魂。

# 李碧華 作品